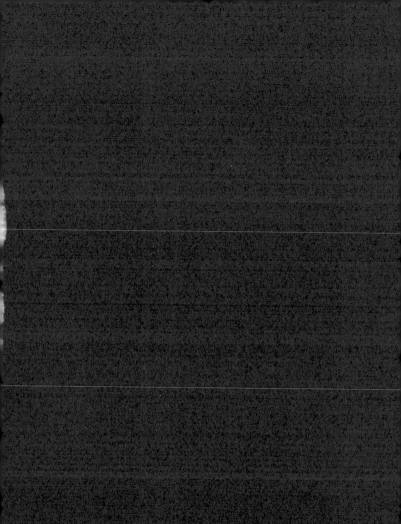

88歳の自由

曽野綾子

興陽館

はじめに
88歳になれば、何をしてもいい。

この本のためのエッセイを編集部に集めて頂いてみると、自分は何でこんなにも、人間の最期の時代、死に際のことばかり関心を持っていたのかと思う。

それには理由がないわけではない。

人間八十代まで生きると、後はもう惰性で済む、という気になるのは当然だろう。大学入試に失敗する人の未来は複雑だ。それから思いもかけない仕事を始め大成功する人もいれば、四、五十年経ってみたら自分は探検家になっていたという人もいる。就職試験に失敗したが、思わぬ娘と結婚し、地球上の思わぬ土地で、思わぬ仕事をしていた、という人も出るだろう。

しかし本当の自由を得る条件は年なのだ。

八十八歳になれば、何をしてもいい。

家族が当てにしている家の資産を使い込まない限りである。八十八歳は、誰からも期待されることのなくなった年齢だ。人間が完全な自由を得るには、期待されないことも条件の一つだ。いろいろと考えて行くと、八十八歳の自由は本物だが、周囲の期待から捨てられた人だということでもある。

それに比べれば、十代や二十代の自由なんて甘いものだ、と言うべきかもしれない。しかし「八十八歳の自由」は恐ろしいものだ。生命上の時間にも、その人の能力にも、もう残りの時間がない。しかしそれだけに厳しい輝きもある。人生のドラマはすべての人が内に持っていて外目にはわからない場合も多い。その得がたい輝きを見せるには、やはり年月の重味が要るのである。

88歳の自由

目次

第1章　すべてから解放されて自由になる

第2章 整理すると自由になれる

第3章 空間が自由をつくる

第4章 人間関係から自由になる

第5章 病気やぼけから解放される

第6章 死ぬことで解放される

第7章 心の解放を楽しむ

装丁　長坂勇司

第 1 章

すべてから解放されて自由になる

年を取ると途方もない解放感がある

配偶者を失って独り身になった高齢者が、ほどほどの暮らしをしていると、周囲は「まあ、あの人も、一応生活も安定してよかったねえ」などと言う。しかし当人にしてみれば、安泰に生きていられれば幸福か、という疑問もあるだろう。

男性なら、退職までの職場で、もう少しおもしろいこと、組織の中で腕前を見せられる場面があってもよかった、と悔やんでいるかもしれないし、女性なら長い平凡な結婚生活で、少しも胸ときめくこともなかったということに、悔悟の思いを抱いている人はかなりいるだろう。

もしその人の生活が「食うや食わず」だったら、食うということが、冒険と成功の達成目標であったはずだ。しかし社会が整えられ、誰もが一応食うことができるようになると、人々はそれだけでは満足しなくなる。

私もその一人だが、配偶者を見送った後、深い疲労であまり健康とはいえない。シリアなどのニュースを見るにつけても、私は疲れたと言っている自分を、怠け者、贅沢と感じ、もし周囲が戦乱・動乱の巷《ちまた》と化していたら、私は洗濯だらいに鍋や当座の衣服をいれて頭に載せ、孫たちの手を引き、何十キロでも裸足《はだし》で逃げているだろうと思う。これが典型的な難民の姿だ。それなのに、私たちの暮らしは実に恵まれている。

先日も、老後の暮らしについて話が出た。一人の高齢者は、若い時から自分の自由になるお金を好きな贅沢に使ってきた。社交ダンスだったか日本舞踊だったか、とにかく自分も出演できる場に派手にお金を使った。そして老後の今、生活保護に頼っている。身内や周囲の友人に、小遣いをたかるのも非難の的だ。

しかし毎日、自分の居間のソファに座り、何の変化もなく暮らしていることが安泰な老後といえるかどうか、ということになると、同年配の高齢者の見方はさまざまに分かれたのである。

私はどちらかというと、月日は巻き戻せない。だから時々、濃密な生き方をした方が勝ちだ、という無頼派に近い考え方をしている、という自分に気がついた。つまり一生の最後に近くなって考えてみると、「ゴメンナサイ」と言って、自分の好きなことをして逃げてしまう方が得をしたように思えるのである。

そういう好みと明らかに対立しているのだが、最近になると、人生でもし二つの選択肢に立つ人間になったら、深く傷つく立場を選べる人間になりたくもある。

いずれにせよ、高齢になるということは、途方もない解放を与えるものなのだ。よくも悪くも先が長くない。よいことにもさして執着せず、悪いことにも深く傷つかない。こういう幸運な高齢世代が日本には実に多くいる、ということだ。

『死生論』　産経新聞出版

年を取ると「自分らしく」なれる

年を取ると、不自由になることも多いが自然になれることもある。ゆっくり歩いてもその人らしいし、お金を払う時、多少モタモタしていても許される。「人生を終わる」という大局は決まっているのだから、世間は寛大になってくれるのだ。これを見ても、すべての任務は有限であらねばならないし、ほどほどの時機に退場した方がいいのもほんとうだ。いつまでもそのポストにしがみつく人が好まれないのも当然である。

しかし定年退職の年は決まっていても、そこに至る前後の身のふり方は、さまざまだ。ゴルフしかしなくなる人に対して、ゴルフをしない私はよき理解者になれない。しかし町をほっつき歩く人に対する同感は最近ますます深くなった。町を見るということは「人生を改めて見せてもらうこと」だとわかっているからだ。

町歩き道楽がいいのは、ほとんどお金がかからないことにもあるだろう。運動靴が多少早くダメになるだけだが、老人だから、それくらいのむだ遣いのお金は持っている。そしてまた、老人は、もう老い先短いのだから、お金は貯めるだけではなく、うまく遣う才能の方がむしろ大切だ。

ただ老人になると、自分流の生き方しか認めなくなる人も出てくる。それも困る。老後の暮らしは十人十色、百人百通りなのだ。お互いにその違いに感心し、改めておかしがり、呆れて笑って眺められればいい。若い時には、立派な生き方を見習う必要もあった。しかし老後なら、別に立派でなくていい。殺人や、詐欺や放火など、他人の人生を傷つけたり、その運命の足を引っ張るようなことさえしなければ、たいていの愚かさも許してもらえる。

『人生の終わり方も自分流』　河出書房新社

どんな状況も必ず変わる

それでも六月はやはりしっとりしたいい月だったのか、私は毎日何もしていないのに疲れ果てて、来る日も来る日も寝ていたこの冬の生活から少し脱した。必ず台所に下りて来て、余計なことをしている。余った野菜でスープを作ったり、自分の好きな味で地魚を煮つけたり、ちょっと出かけたり、どなたかとお会いするような日が増えて来たのである。

誰かが言っていた。心配することはない。ものごとはすべて変化する。ひどい痛みはいつかよくなるか、死んで終わるかする。親子関係の難しさも、両方が年を重ねて来ると、必ず不思議な解決が見えて来る。多くの場合、両者の関係が消えてなくなるのだが、状況は必ず変わるのだ。

『私日記11　いいも悪いも、すべて自分のせい』海竜社

人生は静かな方がいい

願わくば、人生は静かな方がいい。

ことに老年は日溜まりの中の静寂にいるような感じで暮らすのは最も仕合わせなのだから――

これは私の趣味だろうが――

少々の財産はあるが、複雑な人間関係はない状態が最も望ましいのだ。

今気楽に「少々の財産」と書いたのだが、財産は少々でなければならない。大量の財産があると、それを狙って来る人たちの争いに巻き込まれる。古来あらゆる文学がそのことを示している。しかし少々という状態を保つのが又むずかしい。人生はどちらかに傾きたがる。金持ちにはどんどん金が溜まり、貧乏は少し気を許すと加速する。その両方共、極限は健康に悪い。

『波』新潮社　2019・2月号

長生きすることは本当に幸せなのか

八十代の半ばを過ぎると、生き方の軸の取り方がわからなくなってくる。同級生はまだほとんどが元気で、自分のことくらい自分でやれるし、部屋の模様替えをするのさえ趣味で、前回訪れた時と箪笥の位置まで変わっている友人もいる。部屋の使い勝手が悪いと感じたので、ある日一人で動かしたのだそうだ。

私の場合はどうかというと、今置いてある家具の配置が少し不便でも、それで死ぬまでガマンすればいいや、という心境になっている。これはこれで怠け者として、ささやかな人生の生き方が決まったようなものだ。

正直なところ、長生きした方がいいのか、適当な時に人生を切り上げた方がいいのか、わからない。後者の方が明らかにいいとは思っているのだが、生命だけは自分でその長短を操作してはならない。後に残される家族が、平穏な気分で、その死を見送れないからである。

高齢者が、長生きすることは、確かに問題だ。悪いとは言わないが問題も出てくる。他人の重荷にもなるが、当人が苦しむ部分も出てくる。

家事ができなくなると女性は生きる甲斐《かい》のない人生だと思う。男性も職場を失うと自分の存在価値に疑いを持つ人もいる。

本当は生きているだけで、人間存在の意味はあるのだが、ただ食べて排泄《はいせつ》して眠っているだけでは人間ではない、という主観にとらわれている人もいる。

しかしこんなことは考えなくていいのだ。

生き続けているということは、その人に運命が「生きなさい」と命じていることだから。だから表面だけでも明るく日々を送って、感謝で人を喜ばせ、草一本でも抜くことや、お茶碗《ちゃわん》一個を洗うことで皆の役に立つ生活を考えればいい。

『死生論』　産経新聞出版

「残りの人生」どっちに転んでも……

私ぐらいの年齢（と言うなら、読者に年齢を明かさねばならないが）、つまり百歳に近い年になると、学問の才能や、その他の肩書、過去の業績が物を言う場合があることは知っていても、どこかで「しかしだけどなあ」と言う内心の声も聞こえるのである。

何でも人の言うことにイチャモンをつける年になってもいるせいでもあるのだが、現実的にはあまりにも長く世の中を見過ぎていると、「しかしなあ」とか「何か事情はあったんだろうなあ」とも思えるのである。

年齢を重ねると、迷いが少なくなる、という人もいる。私流にこの言葉に答えを当てはめると、第一の理由は残りの人生が短くなったからである。

つまり、どっちに転んでも大したことはないのだ、と思い始めたのである。

心のどこかで、まちがった判断をしていても、それはそれでご愛嬌か、などと考えているのかもしれない。本当は決してそんなことはない。鈍才より秀才の方がいいに決まっているし、どうせ死ぬんだから、晩年の日々は健康な方が周囲も助かる。

その人にとって大切なのは、この一刻なのだ。まず飢えておらず、病気でもなく、家族に苦しんでいる人もいない、という最低の条件は誰もがほしいだろう。

人間は、誰もが或る環境の中で生きている。いい意味でも悪い意味でも、人それぞれに唯一無二の環境だ。だから自分ですべて引き受けるほかはない。病人が大金持ちでも、大金を払って誰かにその病気の苦労を担ってもらうということは不可能なのだ。

私は、自由な国日本に生まれて生活している。

それだけでも幸運な人生である。

世の中不公平だ、としきりに文句を言う人がいて、私も一部はその説に賛成だが、人間の生涯というものは、一人一人に送られた特別の内容を持つものだと思うほかはない。

『波』新潮社 2020・1月号

老年は自由な時間

私はよく書いているんですけれど、老年がやたらに用心深くなりすぎていると思うんです。病気の方は別ですよ。寝てなきゃいけないとか、遠くまで歩けないというのは別だけれども、むしろ、若者が用心深くなって、老人は冒険をすればいいんだというふうに私は思うんです。猛獣がそこにいるサファリパークの中で車を降りろということじゃないんですけれど。

たとえば、四十、五十の人だったら、まだ子供が大学を出ていないとか、大学は出たけれどなんとか結婚させるまでは生きていてやらなきゃならないとか、いろいろある人が多いでしょう。けれど、老年になったら、極端な話、いつ死んでもいいんですよ。死んでもいいなら、冒険すればいい。だから、老年は冒険のためのものである、若者の時に冒険をする人は選ばれた人ですけれど、老年はほとんどの人が冒険していいんです。

『人はみな「愛」を語る』青春出版社

八十歳を過ぎてから「普通に暮らす」秘訣

私はすでに八十歳を越えた。昔はこんな年まで生きている人は少なかったが、東京の私の同級生は皆、今も普通に生活している。

冷蔵庫だって自動車だって古くなれば、ドアがよく閉まらなかったり、へんな音を立てたりするものだ。でも使う時、ちょっと気をつけて最後のところで押すようにすればちゃんと閉まる。人間の体も同じで、使い方でまだまだ役に立つ。

彼女たちは、自立と自律の精神を持っていることがおしゃれの最大の表れだ、と思っている節がある。

私は六十四歳と七十四歳の時にかなりひどい足首の骨折をして、それ以来正座もできないし、歩き方もおかしい。でも今でも、アフリカまででも一人で旅行する。国内旅行の時、付き添いを同行するようなこともしたことがない。

別に秘密の悪事をしているわけではないが、一人で行動する自由な楽しさを奪われたくないのである。

旅や外出は老世代にとって最高の訓練の時だ。座席がどこか、トイレは前方か後方か、おべんとうはどこで買ったらいいか、複雑な切符をどのように保管すべきか、すべて訓練の種だ。旅に出ても、

「私の席はどこ?」

「切符はあんたが持っといてね」

などという依頼心が、老化の道をまっしぐらに進ませるのである。

老人に優しくするのは当然だが、甘やかすのは相手を老人扱いにしていて失礼にあたる、という空気が私の周辺にはあって、ほんとうに助かる。

駅前まで行くにも、老人を一人では出せないという考え方をする地方が多いが、東京ではほとんどない。それは都会人の心が冷たいからなのか、それとも都会の高齢者が若ぶりたいからなのか、どちらなのだろう。

人は「与えられた状況」を生きる

私は毎年、お正月になると、来年まで、私は果して生きていられるのだろうか、と思いました。これは小さい時からの癖で、それだけが、私の「年頭の所感」でした。そんな縁起でもないことを考えても、こうしてのめのめと四十余年も生きてしまったのですから、人間の予感なんて、全く根拠のないものです。

私に限らず誰にせよ、やはりどんなものであれ、与えられた状況を、今年も生きるほかないのでしょう。私がまだ書き続けるほうがいいのなら、周囲の状況が自然に私を書く方へもって行ってくれるでしょう。私が旅をすべきなら、旅が用意され、私が沈黙すべきなら、私は病気になるかも知れません。私が死んだら、私はみじめな老後を体験しなくてすんだことを感謝すればいいのですし、私が生き続けるということは、まだ働け、ということなのだと考えるようにしています。

『仮の宿』 PHP研究所

一人暮らしは発見の宝庫

朱門が死んで、一人暮らしになってから、私は何でもできることを発見した。自分の収入の範囲でなら、好きなものを食べ、行きたいところへ旅をし、欲しいものを買っても誰も文句は言わない。生前だって、朱門は私のお金の使い方に文句をつけたことはなかった。

女房が、彼から見て、愚かな金の使い方をしたとしても、それはひいては「己の愚かさ」の結果なのだ、と思っていたのかもしれないが、今や私はどんな破目を外してもよくなったのだ。

『私日記10 人生すべて道半ば』 海竜社

日々の目的は「小さく」がいい

私の目的のほとんどは実に小さいんです。今日こそ、観葉植物の葉っぱをふいてきれいにしよう、冷蔵庫の中の人参や大根の切れっ端をスープにして食べ切ろう、引き出しをひとつ整理しよう……その程度のもの。

それでも、その目的を果たすと、我ながらかわいいことに、ささやかな幸福感に満たされます。

人生が虚しいと感じるのは、何をしたらいいのか、わからないから。目的がないからじゃないですか。つまらないと不平をこぼす前に、小さな目的をつくり、自分で行動してみることです。

私は完璧主義者ではないので、絶えず、仕事はやり残して、しまったなぁ、あそこやり残したなぁという思いをもっています。

だいたい完璧にやり切るなんて、人にできるものでしょうか。いつだって不完全で当たり前ではないですか。自分で完璧にできたと思うこと自体が、気味が悪い。人間という存在そのものが不完全なんですから。

それがわかっているから、怠け者でも多少は緊張しながら、仕事も雑事も自分でやる。人に頼らず、何とか少しでもやろうとする。

きっと倒れるまで、こうして生きるんだろうと思います。

年齢を重ねたせいか、だんだんいろんなことがしんどくなってきました。

もともと怠け者ですし、勤勉ではないんですね。

自然発生的に生きていればいいだろうと思ってきましたし、やるべきことをやってないのも平気なんです。

ちょっと後ろめたい思いで生きるのが好きなんです。自分が正しいと胸を張っている人より、何となく後ろめたいと思っている人のほうがいい。物知りより物知らずのほうがいいとも思います。後ろめたいがゆえに、物を知らないがゆえに、謙虚になれますから。

『ゆうゆう』　主婦の友社　２０２０・２月号

人は年と共に変わる

人は年と共に変わる。

そうでなければ、私たちは、一生に単一な自分一人としかつき合うことができない。

しかし或る時、或る理由で、気短な自分や浅はかな判断をしていた自分に出会うということは、それはそれで一つの思いがけない収穫だ。

『WiLL』ワック　2020・1月号

「職人さんの仕事」を楽しむ

六月末が近づくと、私はいろいろと七月からできる仕事の計画を立てるのに忙しくなった。

ものを捨て、畑仕事にできるだけ復帰する。

連載を始める。

もっと料理をする。

私のしたい仕事の中には、職人さんの真似《まね》事も多かった。

もともとペンキ塗りや壊れ物直しが好きである。アクセサリーの修理や包丁研《と》ぎを始めると、上手とは言えないが時間を忘れる。私の家は四十年も経つ古家なので、いつもどこか磨いたり繕《つくろ》ったりしていないとみじめな姿になる。その仕事も好きだ。縁の欠けた茶碗《ちゃわん》に金継《きんつ》ぎをする初歩的技術も習いたいし、禿《は》げた漆をほんの一部塗り直す方法も覚えよう。

こういうことに執着するのは、もちろん私の性格がケチだからなのだが、第一には例の「もったいない」をずっと生まれてこの方やってきているからである。直したものは、命をもらいなおして落ち着いて輝いている。その姿が大好きなのだ。

第二に、こうした職人さんをめざす仕事は、生きる営みと現実に繋《つな》がっている。

四十歳を過ぎてからの私が、創作のテーマがなくなるという体験をしなくて済んだのは、私がいつも実生活にまみれて生きてきたからだろう。

『平和とは非凡な幸運』講談社

一人で生きられるということは、沈黙のぜいたく

五月二十九日

明日から、珍しく三晩泊まりの旅行に出るので、原稿を数本書き溜める。最低限の着替えなどを詰める。

ありがたいことに、まだどこにでも一人でかばんを引きずって出かけられる。

一人で生きられるということは、沈黙のぜいたくだ。

もちろん一人では寂しい瞬間もあるだろうが、寂しさを友とすることも人は学ばなければならない。

『私日記7 飛んで行く時間は幸福の印』海竜社

期待しない

私の周囲を見まわすと、誰もが、どうしたらいいかわからない問題をかかえている。それはもっと本質的な、人間の存在それ自体とあたかも癒着したような状態でくっついている。

この世にはどう解決のしようもなく、ただ、死ぬまで、その事とおつき合いしていかねばならないという事がある。病気も、人間関係も、性格の歪みも、能力のなさも、すべてその中に入る。しようがないやな、と私は呟く。政治や社会がそれを解決してくれるように要求したり、期待したりする人がいるが、常にその編み目から洩れこぼれるケースがある。重大なことは或いは国家が解決してくれるかも知れない。しかし、それよりずっと軽い、普通人との境界線にあるような人々のことまでとても国家は面倒をみきれない。期待すると辛いので、私は自分の救いのために、期待しないことにしているのである。

『ほんとうの話』 新潮社

運命の裏切りに備える

自分が思いもしなかった運命に直面すると、人は当然うろたえ、悲しみ、不服を言う。

しかし多くの人が、そのような運命の逆転に、多かれ少なかれ見舞われているのもまた事実である。

自分の悪意が思いもかけない善意の結果に見えるものを生み、自分の善意は誤解されて全く評価されないことなどいくらでもある。

よく考えて計画したことが仇《あだ》になり、ろくすっぽ考えもしないで突っ走ったことが、けっこうな決断に見えることもある。

人間はまず自分の意思によって未来に備えるものなのだが、同時に運命に裏切られることもしばしばあって当然なのである。

この世で、多くのことが、理屈通りになったり辻褄が合うはずだと思ったりしてはならない。

むしろ多くの運命は、私たちをあざ笑うような結果に傾くことが多いのである。

そう思って、運命の不法な裏切りに常に備えていることは、確実に魂の自由に繋がると思う。

『魂の自由人』　光文社

家族の死後、どう暮らせばいいのか

三日早朝、私は病室のソファで眼を覚まし、夜明けを待った。朱門は始終血圧が下がって、時には最高血圧が四十八くらいまでになった時もあったが、それでも自力で持ち直して生きていた。死の前日は最高が四十九、最低が二十一であったが、血中酸素の量が、四十八くらいまで下がっていた時もあったのに、その朝は六十三はあったので、ここのところずっと不規則な生活をしていた私は、せめて朝のシャワーを浴びようと思った。ほんの数分である。浴室を出て来ると既に朱門は呼吸していなかった。

四日夕方、ちょうどボリビアから帰国されていた倉橋神父が来てくださって、我が家で秘密葬式をした。とは言っても、四日のテレビが、どこから洩れたのか、死を報じたので、私はあちこちから電話を受けたが、「いつ、お別れの会をしますか」という問い合わせに、「そのようなものはいたしません」と答えていた。朱門も私も、自分のことで人を煩わせるのが、昔から好きではなかった。そうでなくても、生きていた時にいろいろと迷惑をかけている。その意味での感謝は深い。その上死んでまで、忙しい人を呼び出すのは、私たちの好みではなかった。

倉橋神父の葬儀は、出席した人が、驚くほど明るい幸せなものだった。家族と数少ない知人と親戚だけで、神父は、今日は朱門の魂の誕生日だと言われ、その場で祭服の下からハモニカを取り出して、「ハッピイ・バースデー」を吹いてくださったので、私たちは皆合唱した。朱門の死の周辺には、ほんとうに暗い要素がなかった。

葬儀のミサが終わると、私たちは朱門がよく行っていた近くの中華料理屋さんに歩いて移動し、そこで「誕生祝い」の会食をした。秘書は目的を知らさずに二十人分の席の予約をしたので、ご主人は当然今日も朱門がいると思っていたらしいが、その晩は姿が見えないので、私に尋ねた。

「今日、三浦先生は来ないのかね」

するとし私が無表情で答えたと友達の一人は言うのである。

「昨日、死んじゃったんです」

その時の中華料理屋さんのご主人の凍りついたような表情が気の毒だったと、彼女は言うのだが、私にすれば何と言えばよかったのだろう。私は最近、ともすれば、情緒欠損症だと周囲に思われているらしいのだが、それが私の自己防禦《ぼうぎょ》本能の結果だったと思えなくもない。

私はともかく、朱門の育った家庭は、古い日本の生活の形式に、完全に無頓着であった。むしろそうした常識やしきたりに組み込まれるのに、反抗していた空気もある。朱門の父母は、無政府主義者であった。しかし息子がカトリックに改宗することも、嫁の私が好きなことをするのも決して妨げたりはしなかった。だから私は、朱門の死後も、自分なりの回復の経過を辿ることにした。

事実、私の生活には、まだ朱門の好みが色濃く残っていた。私は毎日朱門の声を聞いていた。別に幻聴ではない。ただこういう場合、朱門ならどう言うかと思うと、必ずはっきり答えが聞こえて来るのである。

家族の死後にはするべきことがたくさんある。ご弔問をいただいたお礼とか、支払いとか、届けられてきたお花を長くもたせることとか、部屋や遺品の後片づけとか、私はそれらのことを、人より早く始めた。多分私があまりセンチメンタルな性格ではなかったからだろう、とも思うが、私は自分の体力を既に信用していなかった。私は脊柱管狭窄症のためか、体中が痛い日もある。出来るだけ生活を簡素化して、自分のことだけは、自分でできる生活に早めに切り換える必要があった。

こういう時にどういう生活をすべきか、私にも常識がなかった。私は朱門の死後六日目に仕事を始めた。その時朱門は私の意識の中で、「そんなに仕事を休んでいたって、僕が生き返るか」と言ったのである。

「遊ぶのをやめたって、僕が帰ってくるか」

と言った日もある。

朱門は家族の誰でも、楽しく時間を過ごすことを目標においていた。

だから私は差し当たり食事の手を抜かなかった。特に御馳走を食べたわけではないが、毎日の食事がバランスのいいものであることは、一緒に食事をする秘書の健康にも関わることだった。だから私は庭の小さな畑にホウレンソウなどを蒔《ま》いてもらい、それがホウレン木に近くなっても、まだ採り立てを食べるのを目的にしたりしていた。

私は当分の間、朱門が生きていた時と同じ暮らしをするのを朱門が望むような気がしていた。

急に生活を派手にしたり、地味にしたりするのではない。

以前通りがよさそうだった。

『私日記10 人生すべて道半ば』　海竜社

第 2 章

整理すると自由になれる

「捨てる情熱」を持つ

とにかく私は今、「捨てる情熱」に取りつかれている。

うちにいると、今月はこちらの引き出し一つ、あっちの戸棚一個だけでも中味を出し、不要のものを捨てる、と決意する。それができると、お風呂に入ったみたいに気持ちよくなるのだ。一日の充実感につながる。

たまに捨てるものをもらってくれる人もいると、さらに嬉しい。そしてまた久しぶりに会った人には「見てよ、見てよ。うちの中がガラガラになってるでしょう」と、自慢している。こういう反応は、心理学的におかしいのかもしれない、と思う時がある。

昔から、我が家はお正月らしい騒ぎをしなかった。と、書くと少し不正確になる。私の子供の頃、私にとってお正月は魔の日々だった。

何人もの父の仕事関係の人たちが来て、うちの座敷でお酒を飲んでいた。何時間も帰らずに飲んでいる人もいる。

肴が足りなくなれば、母はまた、台所で急遽簡単な肴を料理して出した時もあった。

その手のお客たちで、二日、三日はへとへとだった。子供の私も、日に何度も小皿やおちょこを洗うのを手伝った。

だから、私はお正月を、ではなく「正月の客」が嫌いになったのだ。

その「怨《うら》み」を結婚後、夫に話したら、「じゃ、うちの正月は留守ということにしよう」と言った。お互いの家族の歴史や心情をよく知らない出版社関係の方たちには、前年からそれとなく「関西に行く」それも買ったばかりの「新しい中古車を運転して、大阪と京都に遊びに行きますのでうちは留守になります」と言った。

それで我が家にお年始客はないことになり、新年は、七日からスタートする習慣ができた。

しかし今年、私はほとんど寝正月だった。微熱があり、一日眠っている。

「疲れが出たんですよ」と言ってくれる人もいる。

何の疲れか。

六十年以上書いて来た積年の疲れか。朱門を見送った後の疲れか。

しかし私には遺産相続の疲れとか、葬儀の疲れとかはなかった。世間に向けた葬儀をしなかったからだ。今の私にはその体力はないし、朱門もその手のことで「人さまにお出まし」いただくのを何より避けていたから。

『私日記11 いいも悪いも、すべて自分のせい』 海竜社

健康のため風通しをよくする

死が近くなるとケチになるというが、私もごく自然にその気配が見えてきた。守銭奴になったというより、使わないものを置いておくのがもったいない、と感じるようなったのである。そのもの自体の命、それを作った人たち、に、申し訳なくなったのだ。

棚や押し入れの空間もまた私は貴重だと思うようになった。まだ地価の高い東京では棚の面積もばかにならない値段だろうし、それを必要なもので満たせる可能性もまだ残しておかなければならない。新しく買いたい本や食器はどこに置けるか、頭の中で予定を立てる必要もあるのである。

昔、私の母は、風通しということを非常に大切だ、と私に教えた。まだモルタルなどというものは一般的ではなかった時代に、私の家の外壁も典型的な羽目板であった。

そのすぐそばに八つ手や南天や万両などの植物が植えてある。それらの植物が伸びて羽目板に触るようになると、母はすぐに自分で枝を払った。

家の羽目板と植物との間に風が通らないと、植物と家と両方の健康によくない、というのである。

『平和とは非凡な幸運』講談社

「捜しものをする時間」を省く方法

世間にはいろいろな趣味の人がいるが、私の最近の趣味は、ものを片づけ棄てることになった。つまりは整理である。

私はこれで四年半ほど、財団で働くことと、小説を書くことと、二足の草鞋《わらじ》をはいて来た。やはり忙しくなったのである。それを切り抜けるには、すべて今日しなくて済むことはしないでおくほか、締め切りに何とか遅れずに済む方法はなかった。

もっとも六十四歳で勤めを始めてから、私はすべてが早くなった。料理も身じまいも書く速度も、である。しかしその背後には、整理をよくする必要があった。私は或る時、考古学者といっしょに旅行し、一見、身の廻り一切に非常に無頓著《むとんちゃく》に見えるその人が、毎日毎日、独特の整理方法でカバンの中身を整然としているのにびっくりしたことがある。

私は生活の中で捜しものをする時間を省くために、プラスチックのバスケットを幾つか買って来て、朝のパンの時に必要なもの（チーズ、バター、ジャム、マーマレード、ピーナッツバターなど）を入れた。もう一つのバスケットには、お粥《かゆ》を食べる時のおかずだけを集めた。海苔《のり》の佃煮《つくだに》、塩昆布、雲丹《うに》、田麩《でんぶ》、中国の腐乳などである。朝、お粥を食べる時には、それを引き出せば、お粥に合いそうなすべてのおかずが無駄なく出て来る。

私は食卓の上に筆立てを一つと大きなマグを一つ置いた。筆立てには、大衆食堂のように家族と秘書たちの使うお箸《はし》と取り箸を立てた。マグにはパン食をする時に必要な、小型のスプーンやフォーク、バターナイフ、チーズ・スライサー等を集めた。そうしておけば、忘れものがあっていちいち立って取りに行くこともない。

恐らく十年以上いじったこともなかった納戸《なんど》も整理した。毛布は前年、カトリック教会で言われて、ホームレスの人たちのために供出したのでかなり減っていたが、今年はさらにブラジルから、出稼ぎに来る家族が二組もあったので、まだ毛の痩《や》せていない程度できちんとドライ・クリーニングに出してあったのを使ってもらうことにした。

納戸はがらがらになった。何という爽快《そうかい》な気分だろう。私は物質的な執着も強い方だが、それと同じくらい空気と空間も好きなことを知った。それは母が昔私に教えていったことが影響していた。

私は母に風通しのいいことは大切だ、とよく教えたものであった。家の外壁の周囲の植木はよく刈り込み、家は必ず十文字に風が抜ける構造に建てなさい、と言った。昔エヤコンなどがなかった頃の知恵であろう。

しかし私はエヤコン時代でも、同じような気持ちで家を建てていた。西に窓をつけることは、暑いとか家具が陽に焼けるとか言って嫌う人が多い。しかし西窓があると冬の間いつまでも部屋が明るく温かく、老年の鬱病《うつびょう》を防いでくれる。北に窓がなければ、南の風も充分に吹き抜けない。

後年私は畑を作る趣味を覚えた時、植物を育てるには四つのものが重要だということを知った。健康で肥沃《ひよく》な土、豊かな太陽、適切な水、そこまでは誰でもわかるが、さらに必要なのは、充分な風通しであった。風通しが悪いと虫害が必ずひどくなった。

　旧約の『ヨブ記』の一つの中心的な思想は、「私は裸で母の胎を出た。また裸でかしこに帰ろう」ということである。その背後というか周辺には、現世で使っていたもの、執着したものは何一ついらない、と思い至った人の世を去るにあたっての爽《さわ》やかな姿勢がある、と私は思う。

　しかし人は現世で何一つ残さなくていい、という心理にもなりにくいのだ。ほんとうは我々弱い者は、自分のいいところ、自分が存在したことを他人に知ってもらいたくてたまらないのだ。

　義人ヨブは神と悪魔の間で一種の試練に遇《あ》って、息子たち、僕《しもべ》たち、家畜、住む家（天幕）、健康などすべてを失う。勧善懲悪が信じられた時代に、これはヨブが悪事を働いた結果の罰だ、と友人たちは思うのだ。しかしヨブは神を裏切ったこともない。妻までが、そのようないわれない罰を与える神を罵《のの》って死ね、と夫に言う。しかしどのような不当な目に遇わせられようと、ヨブは神を裏切らないのである。それはいかなることがあろうとも、神は、自分の誠実を知っているという信仰によるものである。

人間は長い間人生を見て来ると、次第に世間の評判はどうでもよくなる。ほんとうはどうでもよくはないのだが、所詮《しょせん》世間も他人も真実を知るものではない、と知るからである。

神だけが私を知り、私の思いを記憶し、私の行為を評価するのだ。だからそれ以外の現世の評価はすべて、一種の迷妄なのである、と少し思えるようになる。

いわれなく非難された時は悲しむだろうが、いわれなく褒められる時もたまにはあるかもしれないのだから、その時は僥倖《ぎょうこう》と思うだけである。

『最高に笑える人生』　新潮社

私の冷蔵庫の整理法

この頃、整理の達人になろう、という本がしきりに読まれているらしい。私は昔から整理が好きな方だったが、年を取るに従ってますますその深い意味を悟るようになった。

整理されていないと、そのものを取り出せない。取り出さないことには使いようがないから、使い切ることも不可能なのである。才能でも、そのものの存在でも、使い切らないということはもったいない。人権を尊重するということは、その人の存在によって得られるものを十分に発揮してもらい、それによって当人と社会がその恩恵に与り、それに感謝することなのである。

昔から作家は本の山に埋もれていて、しかしその中から、どの資料はどの辺にあるか、きちんとわかっている、という通説があった。私個人の体験によると、それは半分本当で、半分嘘である。

目指す必要な資料が、本のページの左か右のどの辺に書かれていた、ということに関する視覚的記憶は意外と鮮明に残っているという人は多い。しかしその本が、この山のどの辺にあったかは、私はなぜか記憶できない。しかもそのうちに加齢の問題が起きてくる。たとえ在り処を覚えていたとしても、目的の本を取り出すのに何冊もの本を取り除かねばならないとなると、体力的にできなくなることも発見した。だから本は一応内容によって分類しておかねば、欲しい時に役に立たない。

私は冷蔵庫の整理もうまい。我が家の冷蔵庫はいつも、後ろの壁が見えるほどがらがらだ。それだけものがないとも言える。

冷蔵庫の整理がいいのも、私のモノグサな性格が役に立っている。私は少なくとも二個のプラスチック製の縦長の笊《ざる》を用意しておいて、そこに朝飯のパン用、ご飯の時の佃煮類を分けて入れている。箱の一つは朝のパン食専用で、引き出すと食べかけのジャム類、バター、ピックルズの類まで出てくる。海苔の佃煮、葉唐がらしの佃煮、雲丹《うに》、塩辛などの瓶を入れてあるのが、ご飯のおかず用の笊である。とにかく目的別に、箱一つ引き出せば、すべて出てくるシステムだ。これを個々に探し出すとなると、かなりの時間がかかる上、庫内の温度も上がってしまう。第一、めんどうくさい。必ず食べ残しや食べ忘れが出て、そのうちに捨てることになる。

私の整理法を真似した若い人はたくさんいた。その度に、私は「モノグサが役に立つこともあるのよ」と言っていた。

整理をするとてきめんに、心理的エネルギーを使わずに済むのがおもしろい。さらにすべての食材を美味しく食べ切るという技術は、なかなか高度の知的スポーツだと勝手に思い込んでいるから、うまくいくと達成感もある。

すべての物質は、お金を含めて、必要なだけ十分にあるのがいいが、それ以上は要らない。

『老境の美徳』小学館

私が外へは出たくない理由

朱門の葬式、その他で疲れているでしょう、と人に言われるが、自覚的に動けないことはない。それどころか「自転車操業」と言われそうだが、普段と同じことをしているのが私には楽なのだ。

それに少し最近目立つようになった整理癖が昂《こう》じる日がある。この家具もいらない、この服も捨てる、この古いタオルは汚い、と捨てる口実には困らない。

私としては、決して嫌な仕事をしているわけではないが、精神科の医師が見たら、私のやっていることはおかしい、と言われそうな気がすることもある。

しかしまあ、家の中は思いのほか早く片づき、私がそのことに触れると、お義理で「いいわねえ。うちはそんなに片づいていない」と言ってくれる人もいるようになった。

ただ外へは出たくない。疲れてもいるのだが、外にはどんな魅力的な世界が広がっているのか意味がよくわからない。

私は時々、朱門の一生を考えるようになった。

人は笑うだろうと思うけれど、――彼も私も人生の望みが高くなかったから――何という穏やかないい一生だったのか、と思う。

まず平凡なことから言うと、朱門も戦争中は別として戦後は、食べることにも住むことにもあまり大きな苦労をしなくて済んだ。家族の健康にも大きな心配はいらなかったし、身内が刑務所に入ることも、自動車事故に遇うこともなかった。他人の誰からも見捨てられず、いつも友達でいてくれた。

最後の肺炎は少し苦しかったかもしれないが、ほとんど静かに眠っていて、苦しそうな気配はなかった。少なくとも私は、彼の母にもし来世のような場所で会うことがあったら、「朱門が苦しまなくて済むようにしてくれて、ありがとう」と言ってもらえそうな気はしている。

『私日記10 人生すべて道半ば』 海竜社

死ぬ時に何を残すのか

もう十年近く前になるだろうか、私たち夫婦は数万枚の生原稿とおそらく数百枚の写真を、田舎で焼いたのである。

別にニセ札を作ったことがあるので、証拠インメツを計ったわけでもないのだが、私たちは生前も死後も、できるだけ何も残さないことに決めていたのである。

なぜその時シュレッダーにかけることを思いつかなかったのかわからないのだが、心のどこかに、原稿は焼くのが当然と思っていたふしがある。大気汚染のことなど考えつかなかったことは申し訳ない。

死ぬ時に、せいぜいで五十枚くらいの写真を残す。

本は出版社に在庫を捌《さば》く上で迷惑にならない範囲ですべて絶版。

後に残るものは、私の作品を読んでくださっている方たちの手元にある本と記憶だけ、ということにしたかった。

死ぬということは消えることでもあるのだから、消させてください、という気持ちは、私の心理と深い関係があるらしい。

この原稿の火葬は、二人で遊び半分義務感半分で、数日がかりでやったが、煙で喉は痛くなるし、眼も赤くなっていささかの後遺症はあったが、結構楽しい爽やかな作業であった。

『透明な歳月の光』講談社文庫

ものは必要で適切な量だけ、端正に

年をとって来てから、私は奇妙な趣味を持つようになった。私は充分に強欲で物質的なのだが、自分に必要で適切な量だけ、端正にあることが最も美しく見えるようになったのである。

押し入れや箪笥などには、長年の愛用品が入っているのだが、要らないものは整理して空間が残っているようにしたい、と思ったのである。

今から数年前まで、私の家には二十年以上勤務してくれたお手伝いさんがいて、私は家内ではなく家外、その人が「奥さん」であった。しかし彼女が七十二歳で引退してからは、私は主婦に戻った。

小説も書いているから、探しものなどしている暇はない。一番大切なのは、一目瞭然という暮らしができるように、ものを減らすことであった。

原稿は数万枚焼いた。写真も数千枚断裁した。押し入れいっぱいの新品は、教会のバザーに出した。陶器もあまり使わないものは、どんどん新家庭にもらってもらった。

家の裏も片づけて、余計なものは一切置かない。同時に家の中にもルールを作った。「椅子、テーブル、床は物置き場に非ず」というルールである。

配達された品物は、必ず夕方までには片づける。それが食品なら、自宅で食べられるだけ大切に、冷凍したり、乾物は貯蔵の棚に分類しておく。多い分は秘書たちにその日のうちに分けてしまう。夜電気を消すまでに、未整理の品物は一切ないようにした。これで翌日の掃除が楽になるのである。

中高年のよさは、大体、あと何年生きればいい、という推測が可能になったことで、もちろんその間に大病をするとか、地震に遭うとか、自立が不可能になるとか、予想外の運命の出現は大いにあり得ることなのだが、それでもなお、推測の範囲は随分縮められて来たのである。だからもっと年寄りはお金遣いが自由で巧者にならなければならないと思うのである。

一番悲しいのは、結構な資産があるのにタクシー代一つ払うのを惜しんで、忙しい知人や親戚の若者に車で送り迎えをさせて嫌がられているような勘の悪い年寄りを見ることである。気楽にタクシーに乗ってあげてくださいな、景気回復にもなるんですから、と言いたくなる。

別にけちっているつもりもないのだが、私たち夫婦は一枚五十円のおいしいアジの乾物（産地で買うとこれが本当の値段である）を、一匹の老猫と分け合って食べるほどに少食になった。そういう夫婦が充分に使える程度のお金が死ぬまであれば理想である。

しかし、「適当」ということは一種の至芸である。なかなか思い通りにならないのだが、それも人生と思うこともできるようになった。

『社長の顔が見たい』　河出書房新社

場所を取るものは送らない

広島や長崎で原爆の死者にたむけられる千羽鶴は、同時に平和を願って折られるものだというが、たくさんの量になると後の保管が大変だという。私は一年毎に供養の気持ちと共に焼かれていたものと思っていたが、そうではなかったらしい。心のこもったものだから、何とか有効な使い道はないか、皆さんのお知恵を拝借中だという。

このことを伝えたテレビの画面に登場した一人の婦人は、心のこもったものだからずっとおいておいてほしい、というようなことを言った。私の考えは、こういう人たちに少しずつ保管を受け持ってもらうことだと思う。

場所を取るものを、相手の都合も聞かずに、送りつけるのは心ない行為なのである。どんなに真心があっても、真心で空間を確保することはできない。真心はだから、空間を占拠しない手段で表すべきだ、と思う。

いつか友人が私に、「あなたの本、もう送らないで」と言った。その人の書斎は二階にあるのだが、あまり本を置きすぎて、真下の押し入れの戸が動かなくなったというのである。本に関して私は時々、「本は私なりに一生懸命書いたものの結果ですから」と言うこともあるが、考えてみると、つまりそれ以前に本も物質なのである。

最近家の中の掃除をしない人が多くなった、という。母の時代は毎日掃いて拭いていたが、今は私も「ゴミが目立つようになったら」とさぼる口実を見つけている。掃除がめんどうになるのは、性格の悪さや年取ってきたことの証拠でもあるけれど、世間には掃除などできないほど室内が物で溢《あふ》れ、しかも少しも捨てない人が多くなってきた。

私の家の空間は、一応私のものだから、どう使おうが私の勝手だとも言えるけれど、原爆記念碑の管理棟は公的な財産である。古い千羽鶴の堆積《たいせき》で占められていいことはない。

総理にハガキや手紙を出す人は今もいるだろう。それを分析、処理、保管するには人手とスペースが要る。それをまかなうのは、国民の税金である。そのことを考えない人が同じ文面のハガキを何百枚も送りつける運動をする。

それに折り鶴をいくら折っても、平和は達成できない。そんな無駄なことに時間とお金を使うくらいなら、平和を考える本を読むか、平和のために金を出すか、平和の助けのために自分にできる労働を提供するか、家内の平和のために年寄りに優しくしたり子供と遊ぶかするほうがずっと大切である。折り鶴を折ることが平和に寄与すると思うのは幻想であり、自己満足である。このどちらも、人間にとって多くの場合有害である。

しかし折り鶴が、かわいい庶民の芸術であることは間違いない。私も旅先でタバコのみから銀紙をもらい、一センチ四方くらいの折り紙を作り、爪楊枝を使って小さな小さな鶴を折ってみせることはある。外国人は一瞬びっくりしてくれる。それだけでいい。

『透明な歳月の光』 講談社文庫

第 3 章

空間が自由をつくる

空間には未来がある

私の捨てる趣味は、この頃関心のある友人の間では少し知られてきたらしくて、時々家を訪ねてくる知人、友人がガランとなった家のことにふれる。私は本当に何もない空間が昔から好きなのである。

元々は二十畳くらいはあるただの食堂と居間だった所は、いろいろな経緯の後、ただの空き部屋になった。新しくソファでも食堂用のテーブルでも買えば買えるのに、私は何もしない。二匹飼っている猫が、ネズミのような足音を立てて駆けまわり、ジャンプしてじゃれ合うために残した、としか思えないのである。

もっとも、時々私は「ここはアフリカの荒野じゃないんだから、静かにして」と彼らを怒る。

生まれつきの性格にもあったのか、このごろ私は何もない空間を、つくづく大切だと考えている。あの何もない棚の上には花瓶をおいてもいいのだとか、インドネシアの木彫を飾ってみようかなどと一瞬考えないでもないのだが、その度に空間はお金に換え難い自由を残していると思う。

空間があればいつでも何でも置ける。誰かが来てもいい、何かを置いてもいい、そこに来るものがあるかもしれない、と思う時、かすかだが未来の手応えを感じている。

しかし、棚でも押し入れでも、ぎっしり物が詰まっていると、この先希望はない、という感じになる。希望は持つにも叶えるにも必ず変化を伴う。空間はそのために必要なものだ。

『死生論』　産経新聞出版

あり余らせない

人間の生活において、食料でもお金でも、あり余ることはあまり望ましくない。充分には欲しいが、食物は余れば腐るか味が落ちる。お金だって、余計なお金の管理のためにまた人手が要る。

私には食料の無駄をしない才能はある。余っている材料を一目見て、スープを作るか、何か他の怪しげなおかずを作れる。しかし、お金を有効に増やすために、時間も心も割きたくない。

最近、私が猫を買って来てかわいがっている、ということを知ったある読者から、そのような高い猫を買って来るのは「悪質なブリーダーをのさばらせるばかりだ」という手紙をもらった。私はどこかで、病気になっているような捨て猫をもらってくればよかったのだ、というご意見である。

私は別に、血統の正しい上等な種の猫を飼いたいとは思っていない。しかし、病気に罹《かか》っている弱々しい猫の飼い主を志願するつもりもない。私は「普通の健康な猫」を飼いたかったのだ。

病気の猫を飼えば、私はそれに、心と時間を使わねばならない。捨て猫の病気を治してやることにも、大きな意義があることを、私は心に深く感じている。

しかし、今の私には、それをする体力も時間もない。私の人間としての義務の第一は、いまや私一人の肩にかかって来たこの家を、今まで通りに運営して行くことと、小説家としての私に与えられた書く仕事を、なおざりにしないことだろう。

この家の屋根の下には、昔からいてくれる秘書がおり、私と共同で暮らしているイウカさんという同居者がいる。それらの人々が、健康のためにいいご飯を食べ、あまり悪くない環境で勤務時間を働いてくれることだけが、今、私の目標である。

『私日記10　人生すべて道半ば』海竜社

後片づけを楽しみにする

ここのところずっと身辺整理をしている、と書こうとしたが、私は中年以後、いつも整理を趣味として生きてきた。忙しい生活をしていると、毎日大量のゴミを溜めて生きているのである。それで、二、三週間に一度か、半年に一度は、書斎に溜まった紙類を徹底的に捨てる作業をしなければならない。だからこの本の題に格別の意味はない。

しかし私の家は、私の「捨て魔」的趣味のおかげで、どうやらまっすぐ歩ける程度には片づいている。家庭のお掃除を手伝っている女性から「いろんなご家庭の中には、家の中をまっすぐに歩けないほどものの多いお宅もあるんですよ」という話を聞いたことがあって、人間の骨格や機能を考えると、取り敢えず二、三歩はまっすぐに歩ける空間を、自分の家の中に作っておくことは意味があるように思う。人間の思考も、直進する時と、曲がる動作をする時とでは、質が違うかもしれない。

人生が百年近くなって、九十歳代の人がいくらでも町を歩いているようになった。とすると、後片づけ中の世代が実に多いのだ。後片づけという作業は私の体験によるとなかなか爽快なものなのだが、死の前に、最後の楽しみを味わうのは決して悪いことではない。しかし世間にはゴミに埋もれて死ぬ老人の話の方が多いように思う。

私の身辺には、賢く毎日を楽しんでいる人が多い。小さな庭の木の剪定、温泉や銭湯巡り、古布を活かす屏風作り。どれも後片づけを楽しみに変えている。人生後半の楽しみには、この手の技術が要る。今さら大きな目的のために、力の限りを込める仕事を始める年ではないからである。

しかし、片づけが全くできないと、飛ぶ鳥があとを濁すことになる。死ぬ前にちょっとばかり、「成功した人生」と思われる程度の生き方をしてから死ぬのも、しゃれたものだ。

『人生の後片づけ』　河出書房新社

「始末の習慣」をつける

全く予想外のことだったが、私は六十四歳から七十三歳まで、財団に会長として勤めることになった。初めは週に一日でいいからということだったが、私は実務が好きなので、週に二日三日出勤するようになった。別に自分をそれほど必要とされている、と思ったわけではない。ただ、勤務時間中に仕事が終わらなくて、翌日も行った方がラクだと思ったに違いない。

普通、男性社会と思われる会社などの組織に女性が入ると、その存在が煩わしく思われることがある。その理由を私は面白く思って、時々ヒマな時に考えることがあった。

そんな時に、思いつくことはある。

女性は何か事が起こると、その背後に深い理由があると思う。そしてその原因や動機は、起こったこととしっかり連動していると思う。後から考えてみると、確かにそういう場合もあるが、実は全く無関係に事が起こっている場合もある。社会は私たちが考える以上に大雑把なのだ、と言う人もいるが、いろいろなことの始まりとその終わりの因果関係を自覚していないのである。

しかし女性の多くは、母親などに「始末の習慣」をつけられる。初めはこうで、それがこんなふうになり、最後にこうなって終わるのだから、片づけはこうしろ、というような手順である。家の中の整頓が、私も好きである。理由は大してないが、或る人がお汁粉が好きという程度に、好きなことなのである。

何しろ整頓は空間を創り出すのだから。

或る人から、片づけのできない女性の話を聞いた。話として聞く分にはなかなか面白いものである。

その女性の家では、台所のあらゆる平面が物置き場になっていた。食卓、ガスレンジ、椅子の上、玄関前に始まる全廊下、階段の左右どちらかの隅がすべて物で溢れている。その多くは買って来た時の袋のまま。つまり使っていない。ということは要らないわけでしょう、と私が言うと、買って来ておけば安心する性格なのだと言う。

しかし私が驚いたのは、ガス台の上にもお盆を置いて物置き場にしていることで、この事実は、或る重大な現実的問題を提起している。

ガス台の上が物でふさがれているとすると、どこで調理をするのか。するとその人は、別にカセットコンロを持っていて、それをどこか別の平面の上に置いて煮炊きをしているという。その手のカセットコンロは我が家ではスキヤキをする時に使うもので、確かにガスの小さなボンベをはめれば、どこでも使えるという便利なものだが、その家で一番機能的にしつらえてあるはずの調理の設備を、その家の女主人は使わずに、補充的・予備的で性能の落ちる装置を日常的に使うことにしているのである。


普通、会社勤めの男性たちは、機能ということを大切に考える。個人的な事情などどうでもいい。会社の部か課が一体となって出すはずの結果だけが問題なのである。

しかし女性は内部の事情を考える。事がこういうふうに決定した背後には、誰それさんのお母さんが病気になって、そのために誰それさんが休まねばならなくなった穴が大きなマイナスの力になっている、などと考える。ものごとの考えの流れが、個から始まって、集合体に行きつく。

私が話に聞いた或る女性もまた、世間の他の女性同様買い物が好きなのだが、買って来たものをうまく始末できない。例えばお醤油やケチャップを買うと、特定の棚に保管しておいて、現在使っている壜《びん》が本当に切れたときに出して来るというそれだけの動作ができないのだという。

彼女はタバスコという辛い調味料を何にでも振りかけて食べるのが好きらしいのだが、この壜がリビングダイニングの中に少なくとも四本はある。この調味料は小さな壜に入っているのだが、蓋の部分が真っ赤なので、どこに置いてあっても目立つ。その特徴故に、一目で使いかけの壜が四本あることがわかるのである。

壜、箱、ケースのようなものに収められた物品を補充のため買って来ておく時は、新しく購入したものは倉庫の役目をする部屋の中の棚にひとまず置くものだ。塩とか砂糖のようなものは、月日と共に古くなり味が劣化する速度が遅いから、あまり気にしなくてもいいかもしれないが、同じ食料用の「粉」は気難しい。くず粉だけはあまり変化はしないが、小麦粉はすぐ「虫のつる」と呼ばれている不純物が発生する。大豆も小豆も、春から秋までの常温の中に気楽に放置しておくと、虫が湧いてすぐに味が落ちたりする。

物を買うことは、お金さえあればたやすいが、その物を変質しないように保管することは、また一仕事である。多分一壜数百万円もする高価なぶどう酒のようなものは、貯蔵庫もまた、温度を一定に保つ精密な装置が要るので、ぶどう酒に劣らないほど高価なものもあるのだろう。

それに付随したことだが、食料はできるだけ早く使い切って、絶えず新しいものを食べる必要がある。その方がおいしいからだが、食料を無駄にしない、という生き方も私は好きなのである。

自分の金で買ったものは、使っても捨てても自由だとは言い切れない。農家の人々は、どこかで自分の栽培した米や野菜が、健康と幸福の種として、食べられることを望んでいるのである。それに世界にはまだ充分に食べていない人もたくさんいる。「主食とおかず」どころか、お鍋一杯分の水分の多いおじやだけを、一家で分け合う一部のアフリカの生活を見てくると、日本のごく普通の庶民の食生活だって大金持ちの様相を呈している。

とにかく冷蔵庫の扉を開けると、雪崩の如く中のものが落ちて来る光景は今もあるのだそうで、そのようなだらしのない保管業務しかできない人は冷蔵庫の管理者になれないという証拠である。つまり、本当は冷蔵庫など持ってはいけない人なのだ。

『人生の値打ち』　ポプラ社

健康でなくても幸せになるための四つのこと

老年に向けての幸福論などというものを改めて必要とするようになったのは、私たちの寿命が長くなったからである。高齢まで生き延びた人たちが、もしも思考するという能力を残しているなら、それは大きな幸せだが、自分の意志もなしに長寿を与えられているとしたら、それは手放しで喜べることではない。

老年の幸福を、私は敢えて健康を別にして考えたいと思う。なぜなら健康は深酒、暴食、喫煙のような自分に責任のある要素を除くと、素質的な要素が多いから、自分の自由にならないのである。そして健康という要素を除外しても、私を幸福にしてくれる要素は四つあるだろうという気がする。

第一の単純な条件は、身辺整理ができていることである。まずガラクタを捨て、家の空間を多くする。自分にとって大切なものも、私の死後は、娘や息子にとってさえ要らない場合が多い。ましてや他人には何の価値もない。写真、記念品、トロフィー、手紙、すべて一代限りで今のうちにさっさと捨てる。その捨てるという作業に専念できる日が目下の私にはそれほど多くないので、整理は遅々として進まない。

空間が増えるということは、老年の家事労働が楽になることなのである。拭き掃除も簡単になる。探し物もしなくて済む。腰が痛い人は屈《かが》まなくていい。嫌な匂いを家の中に溜めず、いつも風通しのいい状態を保てる。

床もテーブルも物置ではない。ものはその本来の目的のために働けるようにしてやることが大切だ。床は移動のための空間なのだから、何も障害物なしに動ける状態がよく、テーブルは食事のためだけにいつも空けておかなければならない。

冷蔵庫の中のものも、古いものから残さずに使って、必ず別の料理に使う。しかし衣服などいつも古いものばかり着ていると、老人自身が古びているのだからますます見苦しくなる。時々古いものを捨てて新しい衣服を取り入れ、こざっぱりした暮らしをするのが私の理想だ。

第二の条件は、老年がもうそれほど先のことを考えなくてよくなっていることから始まる。私は自分が死んだ後のことなど考えられないし、またあまり考えて口を出してはいけないような気もしている。だから、自由になる範囲のお金や心や時間は、他人のために使うことが満たされるための条件のような気がしている。

それはこういう理論からである。人間は人に与えられる立場にいるうちはどんなに年を取っても現役なのである。しかし受けることだけを期待するようになると、それは幼児か老人の心境だから、つまりまだ一人前でないか、既に引退した人物かどちらかになるのである。老年になっても、全く自分の利益しか考えなかったら、その老人は孤立して当然だ。

つまり人生を活力で満たすものは「愛」、相手が幸福であることを願う姿勢なのである。他者を愛することが自分を幸せにする、という一見矛盾した真理を認めること、これが第三の条件なのだが、この程度のことは誰でも知っていると思っていると、それがそうでもない。老化は利己主義の方向にどんどん傾くからである。自分だけの利益や幸福を追求しているうちは、不思議なことに自分一人さえ幸福にならない。これは別に老年だけの特殊事情ではないのだが、若い世代でも、まず自分の利益を守ることが人権というものなのだ、と教わったらしいから、幸福になりようがない。

自分のことだけを考える子供のような年寄りになるのは、やはり失敗した老年を迎えたことなのである。

第四の条件は、適度の諦めである。

この世で思い通りの生を生きた人はいないのだ。それを思えば、日本人の九十九パーセントまでは、実生活において人間らしくあしらわれている。水道や電気の恩恵に浴し、今晩食べるもののない人も例外的にしかいない。医療機関に到達できずに痛みに耐えている人もいないし、子供を通わす学校がないという人もいない。

それらはすべて、世界中の人が当然受けているものではないのである。世界には常に政治的な難民と呼ばれる人や、日本人と比較しようもないほどの動物のようなみじめさの中で暮らす貧民がいる。彼らと比べると、総じて日本人は人間として最低条件が整った生活をして生きてきた。もって瞑《めい》すべし、と私はいつも思う。

ほんとうは社会の不平等や、親子の不仲や、友の裏切りは、人間としての人生の許容範囲の中にある。事故や事件で命を失うことは許容の範囲とは言えないかもしれないが、潜在的可能性の中にはある。「ないものを数えずに、あるもの（受けているもの）を数えなさい」という言葉がある。私はこの姿勢が好きだ。この知恵に満ちた姿勢でてきめん幸せになるからだ。

『人生の後片づけ』　河出書房新社

何も残さないように暮らす

私は建築後約四十年も経つ古い家に住んでいる。増築した書斎以外は、断熱材も入っていない。しかし夫が断じて建て直しをしないというので、その意見に従っている。

「うちの前の豪邸の解体工事を見てただろう？　鉄筋コンクリートだから、壊すのに二カ月かかった。壊し賃も億単位だろう。その点うちなんか木造だから壊すのも三日だ。我々が死んだ後、三日で跡形もなくなる。簡単なもんだ」

人間は死んだ後に何も残さないのが最高、と私たちは思っている。記念碑や文学館なども困る。どなたかが書棚の隅に数冊の自著を置いてくださって、それを読んでくだされば、最高の光栄なのである。

しかし古家の困るところは、いつもどこか修理をしていないといけないところだ。自宅も海の傍らの仕事場も、屋根が雨漏りしてバケツやボールを置いて凌いだ。友だちは、「小津安次郎の映画の場面みたい」と言ってくれた。

東京の家では、夫の両親が長年庭先の別棟に住んでいた。古い家で天井が高い。玄関に小さな式台、ガラス戸は木製ですきま風が吹き込む。寒さに弱い私は、自分の都合で姑に「安いプレハブに建て替えましょう」と言った。ところが姑は質素を旨とする新潟県人気質で、「いいえ、私はすぐ死にますからむだです」と承知しなかった。そう言われてから二十年以上生きたが。

姑が先に亡くなった時、ご都合主義の私は再び、「今度こそ好機」と感じた。こんな寒い家では残された舅の介護をする方がたまらない。小さくても冷暖房のよく効く家にしてしまおう、と企んだ。ところがその時は、傍らについていてくれた看護の女性から反対が出た。

「おじいちゃまは、ベッドから下りて左に行って、左に廊下を曲がった左側がトイレと体で覚えていらっしゃるんです。新しい家で間取りが変わったら、押し入れで用を足されますよ」

私はその優しい言葉に従って、舅が住む古家には小さな修理しかしなかった。

舅が亡くなって十日目は豪雨だった。その日までどうにか保っていた昭和初期の家の屋根が、その日耐え切れなくなったように一斉に雨漏りし始めた。何という優しい屋根だったんだろう。舅が生きている間だけは体を張って雨を防いでいてくれたのだ。

「もったいない運動」など、私の年代ではずっとやってきた。それは存在と才能を使い尽くし、死後にはきれいに何も残さない計算のできることだ。人間でも物でも、それがどう使えるかわからない人には、経営も人事も創作もできないだろう。冷蔵庫に残った小さな豚肉の塊とキャベツとお豆腐半丁でどんな料理ができるかということは、課題作文、人材の使い方、創作などの共通の秘訣として、まことに興味深いものなのである。

『平和とは非凡な幸運』　講談社

優先順位を決めて諦める

二十代の半ばに小説家としての暮らしを始めて間もなく、私は一人の新聞記者と外国へ行く機会があった。当時の私は、子供を育てること、小説を書くこと、毎日の暮らしを何とかやっていくこと、の間で夢中だった。

すべてが巧者《こうしゃ》でないのである。今の私なら、小説を書きながら料理をするのを、いい気晴らしだと思えるのに、当時はそうはいかない。私はどこから手をつけていいかわからなくて、常にパニックになっていた。

それなのに、私より七、八歳は年上のこの新聞記者はいつも落ちついていた。飛行機の中でも、次の空港に着いたらすぐ送る原稿を、テレックス用の（当時はまだファックスもなかった）英字に置き換えるためのタイプを叩いていたが、端から見ていても彼がやるべき仕事が全部終わるとはとても思えなかった。

五つの仕事のうち出来上がるのはせいぜいで三つ、時には二つ、という感じである。

残りはどうするのだろう。私なら五つを全部果たそうとして、かえって逆上し、そのうちの二つどころか、一つさえ満足に仕上げられないかもしれない。私は文章を書いて生きていく上での先輩ともいうべきその新聞記者に、終わらない仕事はどうするのか、と質問した。すると彼は答えた。
「諦めるんですよ。そのためには、どれが一番大切か、その次に大切なのはどれか、いつも順番を決めておくんです」

『生活のただ中の神』　海竜社

適当に暮らすことが賢い

適量ということも、今の時代では非常に大切なことになって来た。

私の友人の母上、といえば、もう当然八十歳以上だが、昔はおしゃれで派手な方であった。それが或る日から、突然「もう何もいらないわ」と言うようになった。

確かにそう言われてみれば、その通りであった。ブラウスもスカートも、和服も寝具も陶器も、たくさんお持ちだから、大切に使えば、八十以上の方にとっては一生分あることは間違いない。

「だけど」とその方の娘である私の友達は言うのであった。

「大したおしゃれではないかもしれないけれど、季節毎に一枚か二枚の服は新調した方がいいと思わない？　それが年寄り臭くみえない方法かもしれないし」

古いのがあるからいらない、と言えば、いつも着古したものを身につけるようになる。しかし人間の心は微妙なものなのだ。少しむだだと思いつつ、新しいものを買うことによって、今でも社会の真っ直中にいるという自覚ができる。それが心と体を生き生きさせる。

「それにねえ、ほんの僅かでも買ってあげるってことも社会の経済活動にはいいことなのよね」

ほんの僅か以上に浪費しがちな私たち二人は、いささか自己弁護と思われかねない台詞を口にした。

昔、病気と言えば結核がもっとも代表的なもので、結核という英語の表現は、消耗という意味と同義語であった。それほど、昔の病気の姿は、栄養でもカロリーでもビタミンでも「足りないこと」から起こるのが普通であった。

しかし今、病気は、あり余ることによって起きている。コレステロールも、カロリーも、脂肪も、多過ぎるから、肥満も、動脈硬化も、糖尿病も、癌も起きるのだ、と私たちは教えられる。

人間の体では、吸う息と、吐く息との釣合いがとれなくてはいけない。呼吸は少な過ぎてもいけないが、多過ぎるのも過呼吸という病状だという。喘息も吐く息と吸う息の釣合いが取れなくなる病状に苦しむ。

胃腸も同じである。人間は適当に食べ、適当に出さなくてはいけない。出し過ぎは下痢だが、反対に傾くと便秘になって苦しむ。

だから、私たちは適当に持ち、適当に補充し、常に適当に身軽な生活をするのが賢いのだ。食べ過ぎたカロリーは贅肉になり、買い過ぎた衣類は着る機会もない。多過ぎる品物を家に置けば、人間の使える空間がつぶされてしまう。

そのバランスが崩れる場合も、時にはあるだろう。

お歳暮やお中元の品物が、デパートの倉庫のように溜まるお宅の話も聞いたことがある。財産も、使えないほど増える人もあるだろう。古着を押入れいっぱい持っている人はどこにでもいるのである。その場合は、やはりせっせと人にあげ、有効に使うことなのである。そうでないと、溜まった毒がその人の健康を冒す。多くもなく、少なくもなく、それぞれの品物を、むだにせず生かして使うことが美しい。

『悲しくて明るい場所』光文社

余生は「ものの始末」にあてる

私は終戦の時、十三歳だったから、精神的にはどちらかというと恒常的な「物欲しさ」の中で育った。おいしいものはいくらでも食べたい。きれいな服も買いたい。便利なものにも心惹かれる。

それらの精神的飢餓は、日本の繁栄の中でかなり解消された。殊に私は自分で働いて収入があったから、少々気恥ずかしいようなものでも、欲しければ買った。実は最近、私は魚の干物《ひもの》作りを楽しんでいる。週末は相模湾の見える海岸の家に行くので、まず近くのマーケットでエボダイやカマスなどの安い地魚を買い、塩をして独特な蓋つきのステンレス製のザルに入れて丸一日くらい日向に干して干物を作るのである。干物専用のザルを買ったのが、私の浪費の一つの証拠だ。だから私は「元を取るまで干物を作る」という浅ましい精神になる。

このザルのおかげで完全にハエを寄せつけずに干物を作れるというのが言い訳だ。

ものがあるのが豊かさだという基本的な概念は今でも私の中で変わらない。無駄なものばかりではない。電気がなければ冷蔵庫もない（アフリカなどにはガス冷蔵庫というものもあったが）。冷蔵庫がないということは、冷たいビールが飲めないだけでなく、予防注射用のワクチンも保存できないわけだから健康にも深く影響する。私は電気をはじめとする「もの」がありがたくてたまらないと思う単純な物質主義者だと自認することが多い。しかし最近それと同時に、私は空間、あるいは「持たないこと」が好きになった。

どこの家でも最近はものが溢れている。それぞれのものを、機能に応じて使い切れないほど持っている。人間の性格は二つに分かれていて、「捨てない派」と「捨てる派」があるのだそうだが、私はどちらかというと「捨てる派」かなとさえ思い出した。

私は自分が死んだときに残される人の苦労を思って、これからの余生を、物の「始末」に当てることにしたのである。

もうすでに原稿は何千枚、もしかすると何万枚も焼いた。写真も十年前、日本財団に勤める前に数百枚焼いた。最近では不要なものを全部知人のフリーマーケットで売ってもらっている。古い服も早めにもらってもらう。私は大柄なので、大きなサイズがなくて困っている人は利用してくれるのである。

冷蔵庫の中のものの始末も、道楽と言いたいほど熱心だ。「モッタイナイ」などという言葉がアフリカの女性によって広められる前から、私は食べ物を捨てたことなど、年間数えるほどしかない。週に一度は、残り野菜とわずかな肉を全部使ってスープを作る。これがなかなか変化のあるおいしさで、こういう道楽があるから、賄いつきの老人ホームに入れないのである。

ものはあるのも嬉しいが、不用品がなくなると何ともすがすがしい。

私の母は癖の多い性格だったが、文句なくみごとだったのはその死のときである。彼女が残したものは、六畳の居室に入るだけの量だった。革張りの手文庫。もう外へでられないことを覚悟して着物は二枚だけ。それも私が母に贈った琉球紬《りゅうきゅうつむぎ》で、「これは私が着るから人にあげないでね」と釘をさしたものだけだった。草履《ぞうり》は一足、僅かに持っていた指輪などの装身具は、早々と姪たちに与えて一つも残っていなかった。お気に入りの甥の一人には五十万円の現金をやって「これで自動車をお買いなさい」と言ったらしい。お金の感覚はかなり狂っていたから、甥は困って「中古の軽自動車なら買えるかなあ」と笑っていた。家族が死ぬと、遺産相続の手続きに、何カ月も書類を揃えるのが大変だった、という話をよく聞くが、私は母が亡くなったとき、後始末に半日もかからなかった。母は現世を去る達人だった。それを見習って私は自分がいなくなったとき、周囲がすがすがしく感じてくれるほどに身辺を空にして去りたいのである。それも豊かさの一つだと信じているから。

『幸せの才能』　海竜社

単純生活は心地よい

ある時期から、ということは、私が完全に老年にさしかかってから、私は急にものを減らすことに興味を持ち始めた。というと体裁がいいが、私は長いこと仕事ばかりしていて、家事を疎《おろそ》かにしたから、その結果、整理が悪い状態が何年も続いたのであった。

いらないものは捨て、教会のバザーに出し、ガレージセールとやらをやっている友人の娘にも売ってもらって寄付のお金にし、その結果、戸棚のいくつかはがらがらになってきた。ついでに冷蔵庫の中身も徹底してむだなく食べるようにしたので、突き当たりの壁が見えるくらいになった。私は残りものを利用しておかずを作ることが大好きなのである。

昔は金持ちはお倉いっぱいにものを持っている人だと思っていた。

しかし今では空間があると光がさしているように見えるし、よく風が通って病気にならないような気さえする。

自分が充分なだけ使わせてもらえば、それ以上いらないので、その線をはっきりさせて、単純生活をしたいと思う。

その代わり、私は磨いたり、継いだり、塗り直したり、研いだりすることが大好きになった。

銀器はすぐ黒くなるので昔は嫌いだったが、今は仕事の合間に磨きこんで使うのが大変好きになってきた。

真鍮《しんちゅう》の花瓶もきらきらに光らせ、陽射しで荒れた窓辺の木部にはワックスを塗り、そういう手入れをしていると、家の中は落ち着いて暖かい空気になる。

『安逸と危険の魅力』講談社文庫

第 4 章

人間関係から自由になる

人づきあいを無理しない

人間関係の中で難しいことはたくさんあるけれど、家族の問題は避けて通れない事として私達は心の奥底で諦めるか納得しているような気がする。実際に苦しむのは、友人或いは知人との関係であるようだ。家族の繋がりはのっぴきならないもので、そこから逃げ出すことはできないが、友人なら関係を絶つという形で解消できると思うからなのだろう。

私はもう年をとっているし、世間でいう社交のような付き合いをする必要がなくなっているのだが、若い時からかなり人付き合いが悪い人間だった。ほうれん草が嫌いという人がいるように、大した理由もなく、社交というものが好きではなかったのである。

作家としての私の暮らしの中では、時々、文学の世界の集まりというものがあって、その手の会合には出た方がいいのだろうけど、出なくてもいいものでもある。初め私は世の常識に従って出席しようとしていたのだが、自分の根性の悪さをつくづく感じたのは、会合の前日になると必ずといっていいほど、喉が痛くて熱を出すようになったのである。

この病気は多分、耳鼻咽喉科の領域ではなくて精神科に属した一種の仮病だった気がする。

それで私は、辛いことは止めることにした。我が家の家族も皆イージィ・ゴーイングで、嫌なら止めたらよかろう、辛ければ働かなくてもよかろうという人達ばかりだったから、私は次第に迷うことなく、会合の出欠を問うハガキの出欠欄には自動的に欠席の方に丸を付けて出すようになった。

『人生の値打ち』　ポプラ社

六十歳からは「義理を欠く」

私たちは少し忙しく暮らし過ぎている、というのが夫の意見だった。私たちの存在を思い出して下さる方があるうちは働くのが当然であり、それは光栄でもあった。しかし私の家では秘書と話をしかけると、すぐ電話で中断される。何を話していたか忘れるし、ご飯の味もわからなくなる。

いつの頃からか、私は義理を欠くことを身を守る手段と考えるようになった。もっともそのことを決して許さない人もいた。年賀状を出さないだけでなく、返事も書かないなどということはいかなる事情があろうと許せない、という理屈である。

六十歳を過ぎた頃から、私は家にいてお年賀を受けることもやめた。お葬式も無理して出ることをしない。

結婚式はもうとうの昔に失礼することを決めた。もともと仲人など十年以上も前にしたのが最後で、以後したことがない。故人の追悼文、本の推薦、前書き・後書き、出版記念会、受勲祝賀会、何もかも出席を止めてしまった。それでもまだ旅に出ると、疲労がどっと出て風邪が治らない、というのは、私は実生活よりもっと怠けていたいという本心が執拗に残っているからとしか思えない。

毎年一月の末に、私は二十八年間続いてきた海外邦人宣教者活動援助後援会（通称ＪＯＭＡＳ）の年次報告を約二千通送る。もちろん手伝ってくださる方たちはいるのだが、年に一度の私の精力はそれに費やされて、年賀状までは手が回らない、という感じである。

義理を欠けない人が世の中には実に多い。欠くよりももちろん欠かない方がいい、という原則をあくまで認めた上ではあるが、義理を欠ければ、自殺もしなくて済む。病気も減るだろう。

いらいらも減少するのではないかと思われる。

誰に対しても謙虚な申しわけない思いを持ち続けられる。

そして頂いた年賀状は、大切に幸福と感謝に包まれて読む。

人は自分の才能や能力などを、身の丈に合った使い方をして暮らしをする他はない。背伸びしても日常生活は続かないのだ。

むしろほんとうは少し余力を残すくらいの方がいい。

一生懸命、フル活動をしている人の挙動は往々にしてあまり美しくないのである。


『週刊ポスト』小学館　2001・2月2日号

「捨てられる立場」は優しくて穏やか

実際の生活の上で生か死か追い詰められるという状況に私は陥ったことがない。空襲は体験したが、あれは一方的に攻撃されるので、反撃の余地は全くないものであった。

しかし人生で、困難に陥ったことはある。「窮鼠、猫を噛む」というのはこういう場合かな、と思われる時だ。しかしそこでうっかり猫に噛みついたら大変だ。猫は私という鼠に前足を齧られるだけで済むが、怒った猫が私という鼠に反撃してきたら、私の首は噛み切られるかもしれないのである。

普段の私の性格は気が短い方だと思っている。何度か美容院を変わったのは、技術が気に入らないのではなく、ひたすら丁重ぶってつまらないことに待たせたからである。私はさっさと仕事を始めてくれればいい、といつも急いでいるから、セレブ風の美容院の空気になじまないのである。

しかしほんとうの「和」の機会を掴むのは、待つことのできる温和で強い性格だと、よく知っている。家族の中の対立でも、友人の関係でも、状況は常に変わるからである。変わらない関係は一つもなかった。強情な性格で死ぬまで変わらなかったという人はいるが、他の要因は変わるのである。

私は今までに二人の人から絶交を言い渡された。どちらも女性であった。私からそんなことを告げたことは一度もない。男から言われたこともない。多分男はそんな場合、さっさと遠のいていくだけなのだ。女性の方が誠実とも言える。もう付き合わないと言われて私は当惑したが、その通りにした。二人とも理由を告げなかったのが不思議だった。喧嘩別れするくらいならはっきりと「あなたのこういうところが嫌いなのよ」と言えばいいのにと思ったが、二人共、日本人的な控えめな美徳を残していたのだろう。

私を嫌ったのは決して二人だけではないはずだ。他の多くの人は、黙って私を捨てたのだ。捨てられる立場というのは、優しくて穏やかでいい、と私は考える。ことに捨てる女より捨てられる女になる方が私は好きだ。捨てられている間に時間が状況を変質させることを信じているのである。私を捨てた二人のうちの一人は、数年後に連絡を取ってくれた。私は何事もなかったかのように友好関係を復活した。絶交の理由はわからないままだったが、わからないままなことも現世にはたくさんあると私は思うようになっていた。

私がそれとなく絶交して避けようとした相手は、すべて男性であった。女性ではそれほど嫌う人がいなかったのは不思議である。やはり同性は、理解するのが簡単なのかもしれない。

時間は、終生、私にとって偉大なものであった。時間は、私の中の荒々しい醜さの、常に漂白剤でもあり、研磨剤でもあり、溶解剤でもあり、稀釈剤でもあった。時間は光でもあった。まだ日の出前に字を読もうとすると暗くて見えないことがある。フェルメールの絵の人物が常に窓際にいるのは、電気のない時代の人たちは、現実問題としていつも窓際でしか充分な光度の中で手紙も読めず、針仕事もできず、子供もあやせなかった。光は時間と共に射すこともあり、同時にまた時間と共に消え失せる場合も多いのだが、その変化が人間に多くのものを語り、教えるのである。

『介護の流儀』　河出書房新社

「みんないなくなって淋しいよ」

出棺を待つ間に、北杜夫さんご夫妻に何十年ぶりで会う。北さんは杖《つえ》をついておられる。遠藤周作さんも老人風がお好きだった。北さんの肩を叩いたら、すばらしい手触《ざわ》りのオーバーを召しておられた。皆いなくなって淋しいよ。僕はご飯食べるのも罪悪感を覚えるくらい、というような意味のことを言われる。

『私日記1 運命は均される』 海竜社

人はいつか一人になる

いつのまにか、私の周囲には、たくさんの一人になった夫婦の片割れがいるようになった。自動車や飛行機の事故に遇《あ》わない限り、これが夫婦の辿《たど》る普通の運命である。

もう四十代で夫に死に別れた人もいる。

中には厳しい姑《しゅうとめ》の傍らで、夫が唯一《ゆいいつ》の防波堤だった人もいる。その夫を失った時、彼女の身辺を襲った荒波は、どれほどの激しさだったことだろう。それでも彼女は生きて来た。それが人間の当然の運命だったからだろうが、そこに私は凛《りん》とした偉大な自然さを感じるようになった。

生き残った者は一人で残りの人生を全うしなければならない、という人間の使命にその人は素直であった。そして嬉《うれ》しいことに、その後の彼女の後半生は決して暗くはなかったのである。

子供がいても、夫婦の死別の後の喪失感は必ずしも子供が埋めることにはならない。

この頃の子供は別居していることが多いし、親子の関係と夫婦の関係は全く違う。夫婦しか同じ時間と体験を共有している人間はいないのである。

だからいつの時代でも、死別は暴力である。

現世に戦争や犯罪などの暴力がなくなっても、死別の暴力だけは決してなくならない。

元へ戻らないということは、普通の人間の生活では大きな悲劇である。足を折ってもたいていの場合それは数カ月で治る。

しかし足を切断しなければならなくなると、これは大きな損失になる。

嵐《あらし》で屋根瓦《がわら》が飛んだくらいなら、出費は手痛いがまだ災難という言葉で済む。しかし濁流で家が流されたら、一家のアルバムも消えるのである。

未来永劫《えいごう》ということは、人間は普通の場合体験しない。地球の終焉《しゅうえん》にはまだ立ち合っていないのだし、すべての事態は百パーセント修復はできなくても、かなりの部分補完が利《き》くのである。

視力を失った人、耳が聞こえなくなった人、足を切断した人は、二度と再び、この世の風景を見ることができない、愛する者の声を聞くことができない、二本の足で立って歩けない、という苛酷《かこく》な運命に出会うわけだが、その場合でも、見聞きし移動するという機能を或る程度補完することができる。

花の匂《にお》い、風の吹き過ぎる感じ、潮騒《しおさい》の音、雨の湿度……それらのものが次第に見ているような感じを盲目の人に与えるようになる。

耳が聞こえなくても手話ができるようになると、相手の声が聞こえるような気がするという。

手話には私たちには聞こえない声があるのだ。だからいわゆる肉声ではないが、相手の声は伝わるようになる。

手足を切断した人でも、補完的な装具や信じられないほどの筋力がそれを庇《かば》う。

私は手足を備えているが、手足のない人で私よりうまく泳ぐ人はいくらでもいる。

だから人間は補完が利くことが当然と思って暮らす。しかし絶対の喪失は決してなくなってはいない。

絶対の喪失は、地球が存続している間は人間の死だけである。他者と自らの……。

だからそれに耐えるためには心の準備をしなければ、と私は若い時から思い続けて来た。自分の死を思わない日は一日もなかったけれど、中年以後は、家族を失って自分一人になる時のことも、しつこいほど考え、恐れ続けた。

『最高に笑える人生』 新潮社

一生で楽しかったこと

長いようでいて、八、九十年の一生は短い。

私が死ぬとき、一生で楽しかったと思うのは、恐らく、偉大なことではなく、ささやかなことに対してであろう。

一晩中苦しんで眠れなかった翌朝に朝露を見たこと、悲しかった時に夕陽に照らされたこと、自信を失いながら風に吹かれたこと、手をとってもらったこと、ある人から一生に一度も裏切られなかったこと、笑って別れたこと、一言も言わなかったこと、浅ましいケンカをしたこと、疲れて眠ったこと、尊敬を覚えたこと、などであろう。

『人びとの中の私』　集英社文庫

第 5 章

病気や
ぼけから
解放される

なぜ私は「だるい」のか

「だるい」という言葉だけで、毎日を過ごしている。出かける用事と、来訪者がなければずっと寝ている。病気ではないのだ。熱もないし、ご飯も少量だがきちんと食べる。料理もできなくはない。

「だるい」理由を私は、自分なりに長年の疲労だと考えている。私はもう六十年以上書いて来た。健康だったので、途中視力を失いかけた時と鬱《うつ》病になりかけた時も、細々ではあるが書いていた。六十年も休まずに働けば疲れるのも当然だろう。

昔のユダヤ人は、農耕をしていても、七日目には休んだ。土地そのものさえ、七年目には一年休ませた。

これがサバティカルイヤー（七年毎の休耕年）である。こういう立ち止まる賢さが現代には消えかけている。無理して働けば、いくらでも「生産性」が可能だという発想だ。人間にも機械にも限界がある。

六十年も休まなかった愚か者は、ユダヤ人社会にはいなかったろう。そのバカが私である。

となれば気楽に休める。

このままずっと永遠の休みに入ってもいい年なのだから、すばらしい。朝飯を終えるとイウカさんにちょっと謝るような口調で断って寝室に引き揚げる。昼食を終えると、またそのまま二階に「消える」。本を読んだり眠ったり、つまり疲れをなしくずしに取っている。夜は夜で早寝をする。その間に連載の原稿だけを書く。

『私日記10　人生すべて道半ば』　海竜社

体の痛みを止めるために

体の痛みを止めるために、新しく飲み始めた痛み止めの薬の副作用のうち、私がつらいのは食欲不振だけ。

友達の医者と会う機会があったので、聞き慣れない薬の名前を言うと、調べてくれて、それは癌の患者の初期にも使う鎮痛剤だという。癌になったから食欲がなくなったのではないのだ。薬のせいで食べたくない人も出るのだ、と私は一方的に考える。これで癌患者の肉体的な苦痛も、少し小説に書けるようになったかもしれない。

この鎮痛剤を飲むのを止めた代わりに、ドクターが貼り薬をくださった。おでことほっぺたに貼ろうかと考えていたら、「首から下ならどこでもいいです」と言われたので、心中を見透かされたような気がした。

困るのは夕食をほんの少ししか食べられないので、夜中に必ずお腹を空かせて目を覚ます。

それで眠れない。

仕方なく足音を忍ばせて階下の台所に下りて行って、四食目を食べることにした。インスタントのカップヌードルにしようか、という誘惑もあるが、料理はまあ嫌いではないから、けっこう複雑なものを作る。鯛《たい》の笹づけがほんの三切れ残っていたので、それを利用して鯛素麺《そうめん》を作ったら、ほんとうにおいしかった。こういう話を知人のドクターにしたら、「そういう時はバナナがいいんですよ。あれ一本で、ビタミンもあるし、七十キロカロリーしかない」と言われた。

『私日記８　人生はすべてを使いきる』　海竜社

気を晴らすちょっとした方法

笑うということは風穴を作ることである。つまり圧抜きだ。圧を抜きさえすれば、風船は破れないし、タンクも破裂しない。私は畑をするようになってから、植物を育てるには、五つの要素が同じ重さで大切なことを体験として知った。肥料、水、太陽、土壌、風通しである。実際に畑をする前には、作物に風通しなどというものがそれほど必要だなどとは、全く考えもしなかった。しかし残りの四つがすべて満足に与えられていても、風通しが悪ければ植物にはたちまちのうちに虫がわく。そして精力を吸われて成長しなくなる。

嫌なことがあると、気晴らしに買物をするという人もいる。やけ食いをするという人もいる。喫煙、コーヒーなどが心を救う時もある。どれも人間の心の危機を救ってくれるなら、いいものだと思う。しかしできれば、日常的なやり方で、溜まったものはその日のうちに吐き出した方がいいと思う。

巡らす、ということは、考えてみれば、なかなか味のある行動である。水でも滞ると腐る。人間の暮らしでも、水捌《は》けと通気はよくなければならない。体の「通じ」をよくすることはもちろんだが、お金さえも溜め過ぎてはいけない。周囲にご迷惑をおかけしないためには、いささかの貯金をもつことは必要だが、ひどく溜めすぎると滞って精神を腐らせる。

暮れにもらったお歳暮が、自家では消費仕切れないほどの量でも、断じて人にはやらない人がいるという。腐っても人には分けないのである。新しいうちに、自分も頂き、人にも食べて貰えば、幸福が倍加すると思うのだが、それができない。その場合も、ごちそうは家で滞って腐るか、その人が無理して食べることで、体内に無駄なエネルギーとなって滞る。

今でも私の不眠症時代のことを思い出すと、私は何と下手な生き方をしていたのだろうと思う。私はたくさん書くために、書く以外のことはほとんどしなくなっていた。子供と話したり、一緒に御飯を食べたりするくらいである。これでは違った角度からものを見て、考えなおすということもできない。知らない世界を知り、刺激を受けて新しいテーマの発見をする機会もない。実際に運動不足にもなるし、心も先細りになる。だから書く以外のことをしなければならない。

漢方では、病気の原因は気、血、水の滞りからだと考える。このうち気というのはよくわからないが、苦労にうちひしがれて一人閉じ籠もるような気分になれば、気も巡ることがないだろう。しかし楽しいことをしていれば、心はいつも風通しがよく、血も巡るようになるのだろうから、病気になりにくい、と考えるのである。

しかし、どんなに心根の良い人でも、病気になる。実はその時が人間の真剣勝負なのである。病気をただの災難と考えるか、その中から学ぶ機会とするかは、その人の気力次第である。

私が中心性網膜炎と白内障という病気のために、急に視力をなくし、手術を受けて回復してから、今年でもう十年の年月が経った。それ以来私には、たくさんの盲人の友達ができた。それは今までに七回、そうした盲人や強度の弱視の人たちと、イスラエル、イタリア、フランスなどの聖地へ一緒に旅行をするようになったからである。毎年五十人以上の大グループになるが、それは二十人近い障害者を、残りの人たちが自費でボランティアをしながら参加してくださる、という形を取っているからである。

そのグループの特徴は、たった一つである。見えなくて当たり前、ということだけだ。見えないことを何も気にすることはない。一緒に行く人たちがいつも誰か傍にいるし、専門の解説者が旅行中、大学並みの講義をしてくれるし、ソノアヤコさんが時々恐ろしく口の悪い風景描写もするからである。

どの病気も辛いことだが、盲目も生きながら地面に埋められるような不幸である。多くの盲人が、そのために自殺することを考える。しかしそのほとんどの人が、そのことに耐えて生き抜く。

盲人は自分では気がついていないのだが、その生きる姿勢が一つの尊厳になっている。不自由でも、最大限に上手に礼儀を失しないように食べようとする食事の時の緊張。音楽に対する研ぎ澄まされた感覚。記憶のよさ。荷物を常に整理しておく礼儀正しさ。それらのことが一つ一つ眼の見える者を無言のうちに教えるのである。見える者が同じことをしても、誰も驚きはしない。しかしそこに盲人だけに与えられた使命ができている。

盲目で耳も聞こえにくい、という人もかなり多い。私は初め、眼の悪い人は、たいてい聴力が普通の人よりいいものだと思っていた。しかし眼と耳という二つの器官はごく近くにあるから、両方が冒される不幸も珍しくはないようであった。

眼も既にだめ。耳もほとんど聞こえない、という人で、しかし自殺など考えたこともない、という明るい人にもよく会う。さらに臭覚と指や唇の感覚まで失っているハンセン病の患者さんの書かれたものを見たこともある。臭覚がなければ味もよくわからないことであろう。指の感覚がなければ点字も読めない、ということだ。そういう人たちを前にする時、私はほとんど顔を上げることもできない。

なぜなら、これは一切の因果関係とは別だからだ。私がいいことをしたから健康なのでもない。その方が悪いことをしたから病気になったのでもない。それどころか、比較してよほど不誠実な生き方をしていると感じるのは、多くの場合私の方なのである。

老年は一種の病気である。どんな健康な人も、長生きをすれば最終的に、この病気とだけは付き合うことになる。

病気はしない決心をして、あらゆる予防処置をした方がいい。

しかし、しなくて済むと思い上がれるものでもない。病気をみごとに病むことができるかどうかが、人間の一つの能力であり才能だと私はいつも思うのである。

『悲しくて明るい場所』　光文社

家事は「段取り」で決まる

デイケア・センターなどの写真によく見られる光景なのだが、高齢者がお茶のサービスを前に談笑したり、ダンスを楽しんだりしている。先日は、ぼけ防止にテレビゲームを買う高齢者が増えてきたと報じられていた。

私の実感では、ぼけ防止に最高のものは、いわゆる掃除、炊事、洗濯などの家事である。なぜかというと、それらの仕事にはすべて「段取り」が必要とされているからだ。

段取りという言葉を、私は土木の勉強をしている時に覚えた。日本語として知ってはいても、これほど人間的で総合的で、そして日常的な知恵を含む表現だとは実感していなかった。昔の工事の現場事務所には必ず手書きの工程表がはってあり、細部は状況によって時々刻々書き足され、書き換えられていたのではないかと思う。今はＣＩＭ（コンピュータによる統合生産）と呼ばれるシステムが、あらゆる工程を瞬時に最新のものにしてくれる。

ＣＩＭは大きな仕事の流れを決めるにはこの上なく有効だろうが、やや小さな共同作業を編成することになると、見落とす部分が多いだろうと思う。なぜなら、ＣＩＭには個人の能力や性癖が計算されていないからである。

家事もまたすべて段取りで決まるというのが私の実感だ。私の場合、家事に一番有効な性格は、私が怠け者である、という点だ。だからおいしいものを作るにも、洗濯をするにも、どうしたら簡単に手抜きをしながら目的を果たせるかを始終考えている。その時私の中では小さなＣＩＭが働いていて、錆《さび》ついてぼけようとするあらゆる機能を動かすような気がする。

人生は終生、できる範囲の労働から離れるのは不自然だ。家事の他にも、し慣れた仕事や、ちょっとした農耕などを続ければ、人は常に肉体と頭脳の使える部分だけを使うようになっている。

昔から人間は、穴を掘り家を建て、狩猟や魚取りをし、農耕をして生活したものだった。会社を定年になっても、できる範囲の労働をする限り、人間としては現役なのである。しかしまだ指先も利《き》くのに、おっとり座って人にお茶を出してもらい、お金を出してテレビゲームを買ってぼけ防止をしようと思うほどぼけていては、とても所期の目的を達せられない。

ある時、たった二十日ほど日本を離れて帰国した晩、私は時差で夜半を過ぎておなかが空いたので、台所に下りていってインスタント焼きそばを作ることにした。容器に熱湯を入れて蓋《ふた》をし、数分後に蓋をしたままお湯を捨てるはずなのに、その夜に限って私はさっさと蓋まで捨ててしまった。たった二十日間台所という現場から離れていただけで、私は段取りがわからなくなっていたのだ。

私の能力はこんなにも早く確実に退化するのである。

『平和とは非凡な幸運』　講談社

「老人教育読本」の具体的な内容

日本人は昔から学ぶことが好きだったから、江戸時代に庶民層の大部分は読み書きができるようになった。そうした状態の背後には、世間の隅々に親切な人がいたり、村の庄屋さんまでが教育熱心だったりしたことがあったろう。とにかく私も学ぶのは好きだ。とはいっても私は学校秀才ではないから、むずかしく学問を学ぶのは敬遠している。しかし先日も、病院の待合室でそなえつけのテレビを見ているだけで、お料理に使える二、三の有効な方法を習った。得をしたような気分である。

だが、「老人教育」は遅れている。昔から生涯教育という言葉があり、私などで六十年以上書き続けてきたのだから、とぼとぼながら独学の生涯教育を続けてきたわけだ。

しかし老人教育読本に載せるような内容は、もっと具体的なことだ。

たとえば、人は壮年期に、多くの人が一軒家をつくる気持ちになる。部屋も広くなり、犬も飼える。花も植えられる。しかしどこにその家を買えばいいのかということは教えてくれない。

誰でも夢のあるすてきな家をつくりたがるのが当然だ。しかし坂道のある丘のどこかの、景色のいい場所に家をつくると、まもなく三、四十年ほどで老年期が来る。するとと坂道というものが、実に大変なものだということがわかってくる。平凡な景色の場所でも平地がいいのだ。とぼとぼ歩いても、平地ならどこへでも行き着ける。

これも実はむずかしいことだが、できれば平屋がいい。二階に登ることができなくなり、二階はほとんど物置になっているという人がたくさんいる。しかしこれもお金がかかることだから簡単に言えない。

同様に、もしお墓参りということをしたい家族なら、「○○家の墓」は墓苑の下の方の平地の部分がいい。坂を登ったところにある墓地は、まもなくそこへお参りに行けなくなる。屋内のお墓というものは、その点雨でも平気、暑さ寒さに関わらず年寄りも楽に墓参ができていいと私は思う。

家の中でも、高い所と低い所にある棚や引き出しは、現実として使えなくなったという人も多い。病気によって制限はさまざまだが、膝を屈めずに、立ったまま手が届く範囲の棚や引き出ししか使えなくなったという人も珍しくない。引き出しはことに固いと開けられない人がたくさんいる。だから温泉宿の脱衣所の棚のようなオープンな収納場所が一番楽なのだ。

老人側にも、体の不自由になった場合に備えて、心の準備をする教育をした方がいい。人には決して強要しないけれど、私はいつか湯船に入ることを諦める日を、自分で決めようと考えている。その代わりまるで電話ボックスのような形で、中にゆったりと座る場所もあり、上から経済的にお湯の降ってくるシャワーの装置が欲しい。その温かい滝の中に贅沢に何分か座って、サウナのような気分になり、清潔さも保てる。老年はそれで満足しなさい、と自分に命じている。何しろ途上国にはお湯を使う設備さえ持たない人がほとんどなのだから、季節にかかわらず温かいお湯で心地よく体を洗えるなどということは、むしろ法外な贅沢なのだということを、私は百カ国以上の途上国を旅しているうちに知ったのだ。

人を湯船に入れようと思うから人手も装置もかかる。しかし安全なシャワーなら、老人を毎日入れても、大して介助を必要としなくて済む。

九十歳の夫も、八十四歳の私も、今のところ自分の生活に人手を借りなくて済んでいる。親から健康なDNAをもらったおかげだが、夫も朝起きれば居間と食堂の換気をし、暖房を入れる日課を果たしてくれる。自分のことだけでなく、人の暮らしを快適にしようという思いやりがまだできるのだ。

私は毎日何かしら料理をする。新しい料理法も考える。それでいて夕飯に決めたメニューは何だったかしら、とすぐ忘れるのは困るのだが、人のことを思いやれる範囲なら惚けもまだそれほど進んではいないということらしい。

『老境の美徳』　小学館

人間は死ぬまで闘う

日本の老人は、年齢やその優秀な素質の割に自立できない人が多過ぎるように思う。それは、かつての「家」を中心とした考え方のせいで、老後一人暮らしをすることなど計画の中になく、必ず長男夫婦と同居することしか計算になかったからだろう。

今の老人ホームでも、老人に対する「手厚い」もてなし方というのは、何でも優しく「してあげることだ」という考えがどこかにあるように思えてならない。

しかしこれは、決して老人の側にとってもいいことではない。手厚く、優しくすることは、する側にとって都合のいいことなのである。なぜなら、優しくさえしておけば、世間から非難されることはないどころか、むしろいい評判を取る手っ取り早い手段だからだ。

しかし、老人であろうと、生きるためには運命に立ち向かってください、人生は死ぬまで闘いです、などと言うのは実にむずかしいことである。そういうホームは残酷な介護者、優しさがなく、年寄りを虐待《ぎゃくたい》しているというふうに、世間は短絡的に受け取るからである。

老人といえども、強く生きなければならない。歯を食い縛っても、自分のことは自分ですることが原則である。それは別に特に虐待されていることでもなければ、惨《みじ》めなことでもない。それは人間誰にも与えられた共通の運命である。

自分で自分のことをするようにしなさい、というのは、当然すぎるほど当然のことであろう。

日本の高齢者で、もっとも訓練が遅れていると思われるのは、排泄《はいせつ》に関することである。それは、一つには世間の老人ホームではしなくてはならない仕事が何もないからだろう。その結果多くの年寄りが、トイレに行くことが仕事になる。三十分おきだろうが、一時間おきだろうが、他にすることがないのだから、トイレ通いを仕事にしていても一向に構わない。

私はいつか、仕事を持っている中年の婦人ばかりと旅行したことがある。私と同い年くらいのおばさんたちが普通旅行をすると、ツアー・コンダクターは、トイレを探すことが仕事になる。どこの名所・旧跡に着いてもまずトイレである。しかしその時、私が発見したのは、働いている女はトイレなどにそうそう頻繁《ひんぱん》には行かない、ということだった。朝、宿を出る前に用意をすれば、その次は昼御飯の前に手を洗いかたがたということである。次はせいぜいで午後の一休みの時、それさえも必要ないことが多い。

それらは皆、彼女たちがトイレに行くのもままならない生活を長年して来たからである。排泄に関しても訓練がいる。鍛える、ということはほんとは老年になってからでは遅いが、いつからでもやらなければならない、というのも真実である。

排泄の機能がちゃんと生きていないと、人は外出が億劫《おっくう》になる。気軽に外出をして自分とは違った生き方を絶えず見なくなると、思想もこちこちに狭く硬くなりがちである。

しかし排泄の調節がうまくできない人は、実際問題としてどうしても外へ出なくなっている。本当は外出ほど、老年にとって心身のいい訓練の機会はない。私たちは外へでると、緊張する。まず衣服を整えなければならない。財布と常備薬、眼鏡も持ったかどうか。間違った行き先の電車に乗らないか。切符をなくさないか。食堂では食券を先に買うシステムかそれとも後払いか。バスの小銭は集金箱のどこへいれるか（老人パスがあるから、その心配はいらない、という人は、それだけで訓練の機会を放棄していることになる）。すべてどうでもいいようなことなのだけれど、そこで人間は当然あるべき軽い緊張をしいられる。

その結果、高齢者は、眼鏡を無くしたり、転んで足を折ったり、無礼な若者の仕打ちに腹を立てたりするかもしれない。しかし孫よりも若い娘のファッションを知ったり、美術館で李朝の白磁について少し詳しくなって帰ったりもするのである。或《ある》いは、ひさしぶりの喫茶店のコーヒーの味を楽しむかもしれない。人間幸福になると、老化は止まり、病気は治り、体も心もしなやかになって、心身の振幅は大きくなる。もちろん長年寝たきりでも、柔軟な考え方を持っている人はいくらでもいるのだから、これは一応の目安ではあるが……。

外国では、高齢者施設では排尿訓練をする習慣があるところがたくさんあるという。当然であろう。老年になっても、トイレが一定時間保《も》つように、もしそれがどうしてもだめなら、自分の能力を知って、きちんと自分で手当てをするだけの思慮や方途を持つように、周囲は指導すべきなのである。おむつをしなさい、と言うのは、当人の自尊心を傷つけるから言わない、というのは、優しいようだが、少しも親切ではない。むしろホームにいる時は失策をしなくても、旅に出たらトイレが自由ではないのだから、用心のためにおむつをしておきなさい、というのが、ほんとうの親切である。そのことを言わない人が多いから、日本の年寄りは、賢い人たちでも、垂れ流しになって、結局当人の自尊心をもっと傷つけることになる。

年寄りに親切にするということはほんとうにきれいな光景だが、それは甘やかすこととは違う。車椅子《くるまいす》を少しでも自分で動かせる力のある人には、腕の力が衰えないように自分の車椅子は自分で押してもらうべきである。

自分でお砂糖を入れられる能力のある高齢者のお茶のコップに、砂糖を入れてあげるようなこともむしろしてはいけないと思う。砂糖壺《つぼ》をそっと取りいい場所に移動させておいてあげるのは当然だが、入れるのは当人にさせるべきであろう。それで初めて、砂糖をこぼさないという指先の訓練も継続でき、誰かそこにまだ砂糖を入れていない人がいたら「お先に」と声をかける礼儀や、「あなたもどうぞ」と他人に心を配ることも忘れないでいられるのである。人間は自分のことだけでなく、人のことも心配できる時、初めて一人前でいられる。その機会を取り上げるというのは、相手を一人前に見ていない証拠で、失礼な限りだと私は思う。

しかし日本の年寄りの心理の中には、「砂糖くらい入れてくれてもいいのに」と、すぐ手助けを期待する依頼心も強いのである。

高齢である、ということは、若年である、というのと同じ一つの状態を示すに過ぎない。それは悪でもなく、善でもない。資格でもなく、功績でもない。

『狸の幸福』新潮文庫

お餅は小さく切って食べる

お餅はとにかく小さく切って食べることだ。食卓に私のお得意のキッチン用の鋏を出しておく。焼き餅なら、一口一口に海苔を巻いて食べるのも安全に繋がる。お雑煮の他は、私の手作りのゴマメ、キントン、昆布巻き、と、もう味のついているかずのこ、頂き物の上等のカマボコなど。我が家のお雑煮は、カツオ出し汁に、鶏肉、カマボコ、それに普通は三つ葉を入れるのだが、今年は庭の畑にすばらしいコマツナが育っているので、三つ葉は買わず、コマツナで若菜を摘んだつもりになった。

お餅は喉に詰まるから危ない、という話で思い出したのだが、私は寿命を長くするために、義務や制約をつけることが好きではない。一日に一万歩を歩くことを自分に義務づけている人がいるが、日に一万歩も歩いていたら、それだけで一日の仕事だ。その人の人生は「歩き屋」になってしまう。最近流行の表現だと「歩き人」となるのか。歩くのは別の目的を果たすための訓練であろう。

『私日記６　食べても食べても減らない菜っ葉』　海竜社

手抜き料理を楽しむ

朱門と三戸浜へ。千利子さんに「蕗の薹はまだかしら」と言ったら、すぐ塀際の蕗の畑を探索して小さいのを五つほど見つけて来た。かわいそうなくらい小型だがそれでも確実に春を告げている。すぐに蕗味噌を作る。

朱門とお墓参り。急坂をかなり達者に楽しく降りて来たのだが、その夕方になって、足首が突然痛くなった。歩くこともできない。

それでも夕食には料理をしに台所に立った。マグロのカマのところを焼いて、大根おろし醤油をかけて食べるのも最近知った美味。船の油の価格が高騰したので、マグロの値段も騰《あ》がったと言うが、三崎ではまだマグロは食べられないほどの値ではない。大粒の浅蜊《あさり》を二日ほどしっかり砂抜きをして、庭で採れたてのホウレンソウといっしょに三十秒だけ酒蒸しにするのも、手抜き料理の定番になった。

『私日記6 食べても食べても減らない菜っ葉』 海竜社

いつか人は「最期の桜」を見る

現実に戻って考えてみると、私は一定の年になったら、もう丁寧な医療行為は受けないつもりになっている。

一定の年は幾つか、それはめいめいが決める他はない。丁寧な医療行為なるものは何を指すか、それもめいめいが考えればいい。しかしいくら年寄りだろうと、そこにいるのは生きている人間だ。見捨てていい、と私は言っているのではない。

痛みがあれば取り除くようにし、食欲がなければ、少しでも食べたいものを思いついてくれるよう家族や友人がいっしょに考え、希望を叶《かな》えるのに全力を挙げたらいい。興味のある話題を共に語り、何とかして行きたい場所に連れて行くのもいい。たとえ一ページしか見る気力がなくても、本や雑誌を買って来て見せてあげたい。

その間にも季節は移り行くだろう。人間はすべての人がいつか「これが最期の桜」を見ることになるのである。私の知人が入院していたホスピスでは、病人の息子が花見の計画を立て、車で迎えに来てくれて隅田川のほとりをドライヴする日程が決まると、その時間帯には点滴の針を外して遊びを第一にしてくれていた。予定通りの栄養剤の量が入らなくても、息子と最後の花見をする方が大切に決まっていたからだ。

途方もない手厚い看護のためにお金と人手を掛けてまで老年を長く生き延びることを、私は少しも望んでいない。適当なところで切り上げるのが、私の希望だ。

『誰にも死ぬという任務がある』　徳間書店

家事や料理をし続ける大切さ

先日、老人ホームの経営者の人に会った。私も家をたたんで老人ホームに入ることを考えないではなかったが、最近はやはりできるだけ自分の家に住みたい、と考えるようになった。

それが第二の理由、家事や料理をし続けることの大切さに気がついたからである。老人ホームには、大ていの施設に、自分の部屋か共用かで、キッチンがついている。そこで自分の好きな物を作って食べる人はどれくらいいるかが、私の興味だった。ホームにいる人たちの大半が、毎日の献立に不満を持っている。歯ごたえのある固い食物が出て来ないとか、塩味が足りないとかいう不満をよく耳にするので、それなら自分で作って食べればいいのに、と私はいつも思っていたのだった。

「ご自分で作って食べる方はほとんどおられませんね」

経営者は言った。それから私が世間知らずだというような優しい微笑を浮かべて付け加えた。

「ホームに入られる方はつまり、長年家事をしていらして、それから解放されたい、という方が多いんです」

私がひがんだのは、私は小説家だったために、常に家事を助けてくれる人がいたことだった。そのために、私は「家事はうんざり」という境地にまだ達していないと思われたのだろうし、又事実、それは当たっているのかも知れなかった。

たかがインスタント焼ソバを用意するにも、少し現場から離れると手順が狂うのである。

家事というものには総合的な思考と緊張の継続が必要である。家事は下らないものではない。料理だって手順や方法をまちがえれば、熱湯をかぶることもあるし、まずくて喉を通らないようなものもできる。

一生現役でいてぼけないためには、多分生活の現場から遠ざかってはいけないのである。

私は、家事全体が土木工事の工程表のように精密に組み立てられていると思うことがある。

足りない材料は買い、いらないものは捨て、空間を確保し、古いものから使うようにし、消費の量を測定する。さらに突然の変化にも備えなければならない。雪が降った時のこと、田舎の親戚が突然上京して来て泊めてくれと言った場合、家族の入院、雨もりが始まった時、空調が壊れた場合、すべてどう解決するかを考えておかねばならない。電球一つだって、切れたらどう換えるかは、各人の体力能力にかかわって来る。

人生はそんなに甘くはないのだ。お金で買える安逸ばかりではない。

聖書には、働かない者は食べてはいけない、という言葉が明記されている。ほんとうに老化したり病気したりして、できなくなった場合は別だ。すなおに感謝に満ちて人の世話になればいい。

しかし一応体が動く人たちは、生涯、働いて自分の生活を経営し続けて普通なのである。

デパ地下と呼ばれる食料品売り場へ行くと、私は今でも感激する。おかずもご飯類もお菓子も、目移りして決められないほど並んでいる。今日はお鍋やお皿を洗いたくないと思ったら、時々こういうものを買って息ぬきもできる。こんなことは、私の子供時代には考えられないぜいたくだったのである。

日本の生活が豊かに整ってくればくるほど体は健康でも、依頼心が強いか、少しぼけた老人が増えるだろう。それを警告する声も必要だとこの頃思うようになって来た。

『週刊ポスト』小学館　2005・11月18日号

浴室は温める

今年中に知人が数人、浴室で亡くなった。明日死んでも私は別に不足はないのだが、死ぬ時は人を驚かさない方がいいから、常識的に浴室を温めたりしている。

十二月の主な出来事は、くだらないことばかりだが、四日に私が階段から五段ほど滑り落ちて、鎖骨を折った。恥ずかしいことだから記録しておいた方がいい。私は階段の途中にしゃがみ込むようにして止まったのだが、その直後の痛みはすさまじいものだった。とにかく体中痛い。呼吸と思考はできる。肘から先は指まで動く。膝から先も動く。これで老後はどうやら安泰だと判断したが、階段から自力で脱出する方法がなかった。私はこれで二回目の救急車のお世話になった。申しわけなく恥ずかしい。

鎖骨のとび出た個所は、レントゲンの結果折れた部分がうまく重なっているのでそのままにしておこうということになった。これも老年の素晴らしさだ。

あと数年、どうやら人間らしく生き続けられればいいのである。

幸いにして折れたままで、私は字も書ける。

少し痛いが顔も洗える。顔なんか洗えなくてもいいと思うのだが、皆が気にして訊《き》いてくれるので、洗ってみたのだ。


『私日記11 いいも悪いも、すべて自分のせい』 海竜社

捨てるものと捨てられないもの

六日になってようやっと美容院に行った。暮れには家から出る暇も体力もなかったので、髪もそのまま。

気がつくと、この頃寝てばかりいる。どう自覚症状があるのかと訊かれると「だるいんです」と言っている。熱は三十七度から三十七度五分止まり。それでだるいのだろうと思う。この感覚はずっと続いていて、音楽でいうと、主題となっているメロディに当たる。だるさはどこから来るのだろう。

寝ている時は、私は充分に人間だと思う。ものも考えられるし、本も読める。テレビを見ながら、英語のわからない単語があると、素早く電子辞書を引く。そして時々英語ができるような錯覚を覚えてトランプ大統領の『炎と怒り』というノンフィクションを読んでみたい、もしかすると読み通せるかもしれない、などと思う。しかし英語の本を売っている書店が身近にはない。

だるい理由はわかっているようにも思う。

私は大学卒業以来、約六十四年働いた。病気をしなかったから、一月《ひとつき》と休んだことがない。毎日毎日知的作業と肉体労働の双方ですることがあって、どれもあまり嫌なことではなかったから、私は生活とはこんなものだと思い、さしたる充足感も不足感もなしに生きて来た。私の生涯はいつもかなり受け身だったが、実は受け身だとも思わなかった。誰かが生きているということは、どの場合もそんなものだろうと思っていたのだ。

つまり私は疲れて来たのだろう、と思う。六十年間のなし崩しの労働というものは、多分マラソン選手や登山家の疲労とは質が違うのだろうと思う。

それで私は、来る日も来る日も、さぼることにした。幸いにして連載も数本しかないし、高熱があるわけではないから大変快い気分で怠《なま》けていられる。本を読み、朝寝、昼寝、夕寝などしたい時に眠り、夜も眠る。夜だけ迷わず、家庭医から出された睡眠剤を一錠飲み、テレビを見ながら眠る。ドアは細めに開けておくので、雪も直助も出入り自由だ。直助は私のふとんの足の部分に跳び乗ってそこで眠る。けっこう体重があるからすぐわかる。雪は私の枕の脇に寄り添って眠る。それで私の耳が痒《かゆ》くなってしまった。猫毛アレルギーなのだ。

食事は毎食律儀に階下の台所に下りて行って食べるが、量は多くない。しかし私の書斎で続けられるオフィスの機能のために働いてくれる女性たちのための食事だから、私は朝のうちに簡単なおかずを決める。あまりひどく手を抜きたくない。毎日の食事が健康の元だと思っている。

その間に、一、二回に分けて、小さな押し入れだけ、家の片づけものをした。「だるい」という病気と「物を捨てる」病気が続いているわけだ。古い取材ノートを捨てると、気持ちのいい空間ができる。ノートは三戸浜に行った時、焚き火をして焼く。「始末」というのは静かで整ったいい言葉だ。途上国の貧しい人たちは、「始末」しようにものがない。衣服を纏《まと》った人たちの古い布は、水浴のために川に入ると、その度に少しずつ融けているようでさえある。だから彼らの古着はどれも薄くなっている。

捨てたいのに捨てられないものは、花瓶である。私は花屋から切り花は買わない。庭に咲くものだけを生ける。小さなものはパンジーから梅の小枝までいくらでもあるし、大きなものの筆頭は、一枝二キロ半にはなるキング・プロテアの、直径二、三十センチはあるピンクの花である。この花は、ノコギリで切らねばならないし、生ける花瓶は重い鉄の塊のような花瓶でなければ、ひっくり返ってしまう。

ある日外出用の衣類を考えてみて、ここ四年くらいは新しい服を買っていないのに気がついた。朱門の体が動かしにくくなった頃から、私はデパートにも行けなくなって、セーターくらいは通信販売で買ったこともあるが、他の服は新調しなかった。すると、何と何を合わせて着たらいいのかも忘れていた。ぼけというのは、多分「機会が減ることによって、学習を続けられなくなる結果」なのだろう。

『私日記11 いいも悪いも、すべて自分のせい』 海竜社

一番長持ちする「自分の使い方」

世間では、お金を溜める方法として「出ずるを制して」という。まずお金遣いの荒さを矯《た》めて、無駄な出費を減らす。そうすれば収入は大して多くなくても、お金は溜まりがちだということだろう。

「産をなす」と言うと、まずたくさん儲けることが前提になっているように思われがちだ。もちろん収入ゼロでは溜まるわけはない。しかしどんなに儲けても、それ以上使えば、やはり溜まらないわけだ。

もっともこの関係は、おもしろい別の要素で支配されている。人間は誰もが一日一人二十四時間しか持ち合わせていないということだ。その持ち時間を、睡眠、食事、仕事などに振り分けなければならない。

睡眠については、十時間眠らなければならない、という人と、一日五時間眠れば充分という人と、かなりの違いはあるが、その人の一生の総計で計算してみると、意外と違いはないのかもしれない。

つまり、眠らなくても済む、と言っていた人が、中年になって結核や肝臓病にかかって、数カ月も数年も療養するとなると、意外と最終決算は同じになるのかもしれないのだ。つまり人間が働ける限度というものには、それほどの違いはないということである。

八十年以上も人生を眺めさせてもらった感覚から言うと、何も無理をすることはない、と思う。自分の生理に合った一日の使い方をして生きるのが、一番長持ちする。

『人間にとって病いとは何か』　幻冬舎

量をたくさん食べない効用

三月は芽吹きのときだというのに、私は冬ごもりを続けている。まだ体がだるい。

だるいというのは疲れとも痛みとも違う。単純に地球の重力に従って寝ていれば何も辛くなく、その力に逆らって立ち上がろうとすると、体も心も「だるい！」と感じる。

それで私はすぐ心の中の声に従って寝に行き、絶望感も向上心も反抗心も失って、幸せな気分になる。

最低、連載分だけを書き、後は読書とテレビ。月曜日だけ小林先生が往診してくださって、看護師さんが血圧を計り、ビタミンの注射を受ける。まだ人生で一度も高血圧になったことはない。しかし私は食物の量が少ないので、ビタミンも不足がちになるかもしれない。

最近私は、あることを発見した。

塩を摂《と》ってはいけない病気がある。

しかし私は辛いものが好きだから、きっと腎臓病になっても塩分を控えるということはしない。煮物の味つけはしっかりと辛くするだろう。

まずいものを食べてまで長生きしなければならない、とも思わない。

そういう場合、量をたくさん食べなければいいのだ。

『私日記11 いいも悪いも、すべて自分のせい』 海竜社

人生は「半分努力、半分運命」

そもそも、人生は「半分努力、半分運命」だと思っています。自分で「こうだ」と決めて努力すれば必ず実るという簡単なものではない。プラス面であれマイナス面であれ、運命に流されてこそ思いもよらぬ新しい世界へ連れて行って頂けるのではないでしょうか。だから、私は逆らいません。

命だってそうです。寿命《じゅみょう》という言葉はギリシャ語で「ヘリキア」と言いますが、これには寿命の他に「その職業に適した年齢」と「背丈」という意味もあるのです。どれも、努力で変えたくてもどうしようもないものですね。その人に合った命の長さがある。ですから私は、六十歳以降は健康診断というものは一切受けていないんです。わざわざ病気を探し出して治そうとは思わないのです。

ただ病院へ行くことはあるんですよ。あるとき、ものすごく身体がだるいので近所のお医者さんにかかったら、軽い膠原病《こうげんびょう》の診断を受けました。こんなことを言ったら同じ病気で苦しむ方には失礼かもしれませんが、私にとって膠原病はいい病気でした。なにしろ「薬はない、医者もいない、一生治りません、でもすぐには死にません」とのことです。

ですから、少々の不調はあきらめて付き合っていくしかないと思っています。そう考えれば気がラクです。これが「名医が一人鹿児島《かごしま》にいます」なんて言われでもしたら大変です。なんとか診《み》て頂くのに、予約を取って鹿児島まで行かなきゃなりませんからね。

とにかく、私は自然でいいと思っています。

その代わり、日々のごはんだけは手を抜きません。贅沢《ぜいたく》しているわけではないんですよ。ひじきや大根の煮もの、若芽《わかめ》のお味噌汁《みそしる》。昔ながらのお総菜《そうざい》が私には薬なのです。

それから、もっと身体にいいのは、誰《だれ》かと一緒《いっしょ》に食べること。私はしじゅう、気楽に友人を家に呼んでお昼ごはんをご一緒することがあります。家が汚いとかご馳走《ちそう》がなくてお恥《は》ずかしいなんて思わないことです。どこのお宅だって似たようなものですよ。

私など我が家の狭《せま》い台所にお通しししています。

そうすれば目の前で作って熱いうちにサッと出せるでしょう。手間もかからず、お互い気兼ねもない。

炊きたてのごはんに、お味噌汁と糠《ぬか》づけ、サンマの塩焼きはおいしいですからね。

たとえば十一時半に集合して二時までなどと決めて、その間は食べてしゃべって笑って、それでお開きにします。これが老年を楽しく元気に過ごすコツですね。

『歳をとるのは面白い』ＰＨＰ研究所

ぼけを防ぐ最良の方法

政界や経済界の人が、そのポストから離れることを「失脚」というらしいが、昔、その言葉についておもしろい解釈を聞かせてくれた人がいる。

「今まで送り迎えの車がついていたのが、急になくなるでしょう。タクシーに乗るか、駅まで歩いて行って切符買って混んだ電車にも乗らなければならない。それが惨めで辛くてたまらないようですよ。それがほんとうの失脚なんですって」

私はその日家に帰ると、すぐ夫にその話をした。すると彼は嬉しそうに笑って言った。

「だから僕みたいに普段から歩いてればいいの。僕は元々そういう『脚』を当てにしたことがないから」

夫は心底、歩くのが好きなのである。彼は一時期文化庁に勤め、今は日本芸術院の代表のような仕事をしているのだが、昔も今も出勤には迎えの車をもらっていない。何時何分発の電車の後ろから何輌目に乗ると、下りた時に出口に便利だとか、比較的込まないとかいうことに精通するから、迎えの車をもらうより確実にしかも短い通勤時間で目的地に着けると信じている。

電車の乗り方に精通するなんて小人の喜びだ、と実は私は思っているのだが、若い時からそういうことは覚えなくていい、誰かが適当に連れて行ってくれるだろう、などと考えていると、必ず早々とぼけるのも事実のようである。

そういう意味でなら、私がぼけを防ぐ最良の方法と思うのは、自分で買い物をして料理を作ることである。家計簿は昔からつけたことがないし、税金の申告もうまくできないので専門家に任せきりだが、買い物と料理は、できるだけ自分でやる。理由の九〇パーセントは自分自身が食いしん坊だからだが、料理というものは、かなり総合的に頭脳を使う。殊に私の場合残り物をおいしく使ったり、時々新しい料理を開発しようとしているので、同じことの繰り返しでもない。歯のない人、糖尿病の人、腎臓が悪い人などにも適した料理を、いつも心の中で或る程度作れるようにしておくことなどが一種の興味として定着している。料理は、食材を買って値段を覚える、手先の運動、手順の訓練、冷蔵庫の中のものを記憶する、などでけっこう複雑な頭脳訓練になるのである。

私は高齢者が自分の気に入った施設に入って三度の食事を自分では作らなくて済むようになることを、長年の夢とし、家事からの解放を楽しむことを一概に悪いとは言わない。健康状態が家事労働に耐えられなくなったらすべての人がそうするより仕方がない。

自分ではできると思っていても、ぼけて火を使われることは危険で困る、と周囲が危惧を覚えるような状態になることもある。しかし人間をも含むすべての動物は、最後まで歯を食いしばって自分で餌の調達をすることがむしろ自然だろう。

そして私のような性格は、恐らく食事のことを心配しなくてよくなったら、急速に老化が早まるだろう、と思うのである。

『晩年の美学を求めて』　朝日新聞社

第 6 章

死ぬことで解放される

「終わりがある」のは素晴らしい制度

人間の生涯はいつか必ず終りになるのだが……そう簡単に言い切れるのは、私に信仰心が極めて稀薄だからだ。

キリスト教の世界では人間の魂の存在は永遠のもののようである。その間中、「魂の素行」を神にはいつも見られている。「おしまい」になるどころか永遠に続くらしい。

まあいいや、と私は納得することにした。そうこうするうちに私は百年近くも我が魂とつきあうことになる。豪胆なようで実は変に小心だとか、「人間の心理についてはいつも細かく観察しています」などと言いながら、始終、人に迷惑をかけて平気だなどということを、神はとっくにご存知だから、今更外面を取り繕うこともない。

小心な人間は、何でもおしまいから計算すればいいのである。年寄りは、定年時に二千万円の手持ちの金があれば何とか暮らせるというような記事がいつか新聞に出ただけで、ちょっとした騒ぎになった。定年後に月給がなくなった時、二千万円の預貯金を確保している人が果たしてどれだけいるか、皆真剣に考えたのだろう。しかしそういうことが問題になる頃には、その人の寿命もそれほど長く残っていない。

人間が必ず死ぬようになっているのは、実にすばらしい「制度」だ。これで二百歳も三百歳も生きることになったら、お金も要るし、第一老人当人も生きることに疲れてしまうだろう。人間の世界で起きることは、すべて意味があるし、すべてほどほどで、いつか終るのがいいのである。

ごちそうだってそうだ。量だってほどほどがいい。死ぬほど食べたら、ごちそうもごちそうと思えなくなる。

そう考えてみると、この世の制度、存在のすべてに、必ず終りがあることほど、よくできた話はない。その恩恵のもとに、私たちは自分の生涯を予測し、計算を立てているのだが、その現実をしばしば忘れがちである。

ゲームをする時には、初めにルールを教わるのだが、人生ゲームの第一ルールは、「終りがある」ということだ。これほど偉大で人間の心の救済にも配慮されたルールはないのに、死ぬことを恐れ、死のことなど普段ほとんど考えないという人がほとんどである。

私もまた、あまり「哲学をしない」人間の一人だろうとは思うが、死を考えないと生の意味もわからない。

それもまたあまりにもったいないことだから、時々哲学の本を読むようになったのは、高校時代だった。


『オール讀物』文藝春秋　2019・12月号

死を受け入れる二つのやり方

ただ一人の途方にくれた人間として、死をどのように受け入れるかを考える時、私が普段から実行している二つのやり方を話した。それとても、最期になって私に有効かどうかは全くわからないものなのだが……。

その一つは、私が今までに受けた楽しかった体験は大切に記憶し、私が直面した辛いことは、これまたしっかり覚えておく、ということだった。楽しかったことは、自分が人間としてもう充分に「いい目に会わせていただきました」と納得し感謝するためであり、辛いことの方は、「死ねばこんなことにもう耐えなくて済む」と喜ぶためであった。どちらもまあ、小心な者だけが思いつくことであろう。

自分が人と比べてどれほど幸福だったか、辛かったか、などということは、本来は計りようがないものなのである。しかし時々ふと、新聞などを読んでいると、こういう人もいるのかなあ、とその人と自分を浅ましく比べているのに気がつくことがある。比べること自体、不運に見舞われたのが自分でなくて他人だったことを喜んでいるようで嫌な気分にもなるし、お金持ちの話など読むと、ちょっとでもそういうことに関心を持つ自分の心理の卑小さにうんざりさせられることもある。しかしミーハー的心理も、私は嫌いではない。

いずれにせよ、心を揺り動かされる瞬間というのは楽しい。この心の揺れ動きが多ければ多かったほど、人生は味わいが濃くなる。すると死ぬ時、「ありがとうございました」と言えそうな気がするのである。

『七歳のパイロット』PHP研究所

すべては死ぬまでの話

「ねえ、あなたは、いつも何を言っても、僕は怒らない、って言うけど、あれ、ほんとう？」

「ああ、僕は怒らないよ」

「でも傷つくこともあるでしょう？」

「僕はほとんど傷つかないの。どんないいことも悪いことも、死ぬまでの話、だと思ってるから」

『夢に殉ず』新潮文庫

秘密葬式は爽やか

夫とその姉は、自分たちの父母が亡くなった時やはり私の母の場合と同じような秘密葬式をした。どちらの場合も、甥姪たちや極く親しい若い知人数人に囲まれて、決して淋しいお葬式ではなかった。むしろそこには義理で来た人は一人もいない、という爽やかさがあった。

こういう勝手は、都会だからこそできるというところがある。地方では自分の好みで死者の始末をすることはできない。葬式は個人のものではなく、社会的な事業だからだ。しかし本当は、教育、結婚、毎日の生活、老後、病気、死と葬式、などというものは、強烈にその人の好みに従っていいものである。他人がそうするから、とか、そうしないから、ということが、即ち自己からの逃走なのである。

『部族虐殺』　新潮社

義母が亡くなった日

九月一日

義母の命日。亡くなった時、九十八歳だった。その時、私たち夫婦は外国を旅行中だった。義父も義母も一応元気だったので、私たちは息子一家が東京に帰って来て留守番かたがた見ていてくれるというのに任せて、地中海の西半分の調査に出ていた。

息子の話によると、お祖父ちゃんもお祖母ちゃんもあまり好調だったので、これならずっと東京で見張っていることもないや、と思い、東北地方へ妻子を連れて旅行することにした。家にはたまたま私が娘同様にしている資格のある看護婦さんもいてくれたので、毎日正午に出先から定時連絡をして祖父母二人の様子を聞き、夕方には泊まっているホテルを知らせるというやり方を決めた。

一日の正午に電話をかけた時には「お元気ですよ」だった。二時間ほど後に電話をかけると「実はお祖母ちゃまが先刻亡くなったんです」ということだったと言う。

義母は午前十一時頃、トイレの後、お風呂場で行水をさせてもらい、サッパリした後、少し眠った。義父母は、朝わりと遅起きなので、昼ご飯は一時と決めてあった。長い看病の期間があると、私の感じでは、介護者の心の発散《はっさん》も大切だった。付き添いの人には、十二時に私たちと気楽に、老人のことは一時忘れて食事をしてもらっていた。その後で、午後一時からが義父母の食事というのが習慣であった。

その日も一時に食事を持って行くと、義母はもう息がなかった。隣の部屋にいた義父も全く異変に気がつかないほどの静かな最期だった。

人間にとって最大の救いとは

死を思え、死に常日頃慣《な》れ親しめ、ということは、人間の義務である。

最大の救いは、誰もがいつかは確実に死ぬ、ということだ。

もしこの世で最も残忍な刑罰というものがあるとすれば、それは人間に不死を与えることだ。

それこそ、拷問《ごうもん》の中の拷問だと言ってもいいだろう。

『最高に笑える人生』新潮社

私がこの世からいなくなっても……

私の子供時代——それはまだ第二次世界大戦が終わる前だったが——日本の生活はもっと貧しく悲しかった。当時映画のほとんどがモノクロだったのだが、まさにモノクロ映画だけが表せるような救いようのない貧しい社会生活があちこちにあった。

それと比べると今の人々の暮らしは、明るく豊かで風通しがいい。苦しさや貧しさを救う手立ても増えた。私がこの世にいなくなった後でも、そのような明るみに登っていく社会構造の変化は続くだろう。

自分の死を残念とは少しも思わないけれど、その光景を見損なうことだけは心残り、と言えるかもしれない。

『長生きしたいわけではないけれど。』　ポプラ社

老いと死を受け入れる

何もしないのに、人間は徐々に体の諸機能を奪われ病気に苦しむことが多くなり、知的であったその人もその能力を失い、美しい人は醜くなり、判断力は狂い、若い世代に厄介者と思われるようになる。

昔の人々は老いと死を人間の罪の結果と考えたが、それもまたまちがいなのであった。何ら悪いことをしなくても、それどころか、徳の高い人も同じようにこの理不尽な現実に直面した。

老いと死は理不尽そのものなのである。しかし現世に理不尽である部分が残されていなければ、人間は決して謙虚にもならないし、哲学的になることもない。

『長生きしたいわけではないけれど。』　ポプラ社

自分の臨終の時のためのある習慣

死は確固としてその人の未来ですから、死を考えるということは前向きな姿勢なのです。

走れなくなったり、噛めなくなったりすることも、死ぬべき運命に向かっているのだということを、ちゃんと自覚した方がいい。自分がそうなる前から、そうなった時のことを考えるのが、人間と動物を分ける根本的な能力の差であることを思えば、私はやはり前々から、老いにも死にも、慣れ親しむほうがいいように思います。

私はカトリックの学校で育ったので、幼稚園の頃から、毎日、自分の臨終の時のために祈る癖をつけられ、「灰の水曜日」と呼ばれる祝日には司祭の手で額に灰を塗られて、塵に還る人間の生涯を考えるように言われました。

もちろん、当時の私が死をまともに理解していたとは思われません。

しかし、いつか人間には終わりがある、ということを、私は感じていました。

シスターたちが、「この生涯はほんの短い旅にすぎません」と言うのも度々聞いたことがあります。

地球が始まってからのことを思えば、大したことがない、と。

そういう教育を受けたことは、この上ない贅沢だったと思っています。

『長生きしたいわけではないけれど。』　ポプラ社

この世で信じていいもの

私流の表現で言えば、世の中のことは、すべて期待を裏切られるものである。地震の時に持ち出す非常用のカバンを整備したら、いっこうに地震は来ず、カバンの中味を出したら地震が来た、という人もいる。嫁にも行かずずっと同じ家で暮らしてきた娘がいるから、自分の老後はこの娘の世話になろうと思っていたら、思いがけなく娘の方が先に亡くなったりする。世間の悲哀というものは、多かれ少なかれ、そのような形を取る。

しかし死だけは、誰にも確実に、一回ずつ、公平にやって来る。実にこの世で信じていいのは、死だけなのである。

『誰にも死ぬという任務がある』 徳間書店

人は一度には死なない

初冬の富士が迫って見える御殿場で、脳死臨調（臨時脳死及び臓器移植調査会）が二日間の合宿をやった。医師たち、法曹界《ほうそうかい》の人々が多いが、専門家同士が少しも譲らずしかも相手をやっつけず、快く深奥《しんおう》に迫った。

その中でも、一人の医学者が言われた言葉がいつまでも脳裏にある。

「脳死は死か。三徴候（心拍動の不可逆的停止、自発呼吸の不可逆的停止、瞳孔《どうこう》の散大と対光反射の消失）が揃《そろ》わなければ死と言えないのではないか」とさまざまな論議がある中で、自分は、死は三徴候などというもののはるかかなた、ずっと奥の方にあると思う。三徴候も脳幹の血流停止も、その一つの指標に過ぎない、とその方は言われたのである。

私は母の死を思った。

私は母が少なくとも二度死んだように思っているのである。

母の人格が変わったのではないか、と思い始めたのは、生活上のほんのささいなことからである。だからいつからそれが始まったのか、私には判然としない。

最初の気配は、昔からその傾向があった母の鬱《うつ》病的な気分が濃厚になったことであった。生きる目的がわからなくなったから、娘の私から目標を与えてくれ、と言い出したのである。今なら私はもう少し不誠実で巧者《こうしゃ》な返事もできるだろう。しかし当時私はまだ若かったから、目的だけは他人には作れない。目的に達する手伝いはする、という答えしかなかった。私は母を女によくある典型的な甘い寄り掛かり方をする人だと思い、ほとんど同情しなかった。

それから母は次から次へと、ほんの少しピントの狂ったことをするようになった。私が描《か》いて頂いて来た有名な画家の肖像画（デッサン）を、大きすぎるからと言って、サインのところごと切り落として額に納めたり、私の所へ廻《まわ》されて来た身の上相談の手紙の差出人の本名を、聞き合わせて来た電話に平気で明かしてしまったりした。

どれも善意のことであった。画家のサインを切り落とすことだって、母は権力主義者ではないから、ただ娘の顔が大切だったのだ、ということはできる。しかし母の兄は昔絵描きになりたかったことがあるくらいで、母も画家のサインというものがどういうものか知らないわけではない。

身の上相談は、新聞社からはほんものの手紙が廻されてくるシステムであった。しかし新聞に載る時には、新宿区S子65歳という風に匿名《とくめい》になる。自分は働きたいのだけど、根性の悪い嫁が体裁ばかり考えて働かせてくれず飼い殺しのようにさせられている、というような内容の投書が出た時には、うちにも問い合わせが数件あった。自分のところで雇いたいというのである。私は申し訳ありませんが、本名や住所はお教えできませんから、編集部におっしゃってください。編集部からお伝えすることになるだろうと思います、と答えていたのだが、私の留守に母はその手紙を探しだして来て、問い合わせの電話をかけて来た人に教えてしまったのである。

こういう手紙は、医師における患者の秘密に準ずるものとして扱わなければならないことくらい、どうしてわからないの？　と私は怒った。その時、この投書者を調べたら、話は世間の同情を引きたいための創作の部分が多かったという。話というものは両者から聞くべきものである。

何となく不思議な「齟齬《そご》」が続いた。すべて考えようによっては「私の気のせい」「母の勘違い」「こちらが状況をちゃんと説明していなかったから」「その日の母の体調のせい」と見えなくもない。

しかし母は、我《わ》が儘《まま》なところはあるが、本来はもうすこし聡明《そうめい》な人であった。どうしたのだろう、と私は腹を立てながら不思議だった。動脈硬化が人格の微かな変性をもたらすものだ、ということも、その時は知らなかったのである。

或《あ》る朝母は起きて来ると、

「昨日の晩、夜中にトイレに起きたら左へ左へと曲がって歩いてしまうので困ったわ」

と言った。それが脳軟化と診断された病気の始まりだった。

動転していたので、その間のきちんとした日数の変化も、経過の推移も、ところどころ曖昧《あいまい》になっているが、母は次第に口をきかなくなった。「どこか辛《つら》い？」と聞いても「ううん」というだけである。本を読んだり、短歌を作ったりするのも好きな人だったが、そういうこともしなくなった。夕方、母が自分の部屋で、電灯もつけずに夕闇《ゆうやみ》の中でじっと座っているのを見た時、私は暗澹《あんたん》とした気分になった。

そこにいるのは、既に母であって、母ではなかった。母の形骸《けいがい》であった。死体が生きているという感じさえした。あの感情の起伏が激しく、私にさまざまな人生の実相を叩きこんでくれた母の生き生きした精神の動きは、最早片鱗《もはやへんりん》もなかった。母は一夜にして死んだと感じ、私は泣いた。私は母子《おやこ》心中という形で一度この母に殺されそうになったこともあったのに、それでもまだ好きで好きでたまらなかった母であった。母の肉体が少しも変わらずに私の前にあるだけに、私はその変化をいっそう無残に感じた。

もちろん、それからの母は、手当の結果「かなり」よくなった。夕方になれば電気をつけるようになったし、私と一緒に旅行をしたり、私の後をしつこく追い廻すようにさえなった。地方まで電話をかけて来て、「今ソノさんは講演中です」と言われると「それでもいいですから、呼んでください」と言ったりした。

それから……母は次第に何もしたがらないようになった。だんだん寝っぱなしになり、一年四カ月は、ほとんどうつらうつらだった。しかし私は一度も母を入院させなかった。母はうちにおいておくことに決めていたのである。母は食べるものも飲み込まなくなっていたから、三〜四種類の流動食を、とにかく少しずつ口の中に流し込むほかはない。黙っているとそのままだから、頰《ほお》を軽く叩いたり声をかけたりして、何とか飲みこませる。だから母が生きて行くためのカロリーを入れるには食事に三〜四時間はかかる。

幸い、夜だけ泊まってくださるという七十代の看護婦さんが見つかったので、その方の力を借りることにした。夜八時から深夜までが母の食事時間である。昼間は、私たちの誰彼が、母の襁褓《おむつ》を替えに行ったり、様子を見に行ったりする度に、二口三口の、リンゴ・ジュース、甘いミルク・ティー、アイスクリーム、プディング、野菜スープなどを口に入れる。すべて時間もなく、なしくずしの食事である。

最初から耳が遠かったこともあるが、母はもうあまりまともな反応を示さなかった。最後の頃《ころ》は、私は耳元で「お祈りしましょう」というだけだった。気分のいい日にはそれでも母は手を合わせるポーズをする。私の祈りの声が聞こえているのかどうかさえもよくわからないが、私がその当時、一番嬉《うれ》しかったのは、母が手を合わせることであった。母のすべての精神的な活動が終わったかに見えた後でも、まだその点だけで、母は人間を保っていたのである。

母の死は穏やかなものであった。ちょっとした（と私たちには思われた）風邪の熱が引いた夜に母は息を引き取った。そして彼女がまだ意識がはっきりしていた間に希望していた通り、私たちが献眼の手続きをした。

この時、私は二度目の母の死を迎えた。しかし、一度目の心の死の時と違って、母の肉体の死の時は、むしろ私は明るかった。母が亡《な》くなった途端、私の意識の中で、母は彼女が溌剌《はつらつ》としていた時代の母に戻っていた。何歳の時の母を考えたのかわからない。そんなことはどうでもいいのである。ただ母が気力に満ち、すばやい反応を示し、少なくとも外見は明るく陽気に振る舞い、人に親切を尽くし（たとえそれが時々おせっかいでピンクルの嫌《きら》いはあっても）、よく本を読み、何にでも旺盛《おうせい》な好奇心を示した時代の母に戻ったのであった。

私は死が一度に来ないものであることを知った。あの第一回目の母の心の死を体験した後、私はそのショックから脱出するのに、数カ月かかったような気がする。

魂が死んだように見えたからと言って、私は母の肉体的な死を望んだことはない。私はその頃から、生きのいい鮎《あゆ》を贈って頂くのが急にありがたくなった。それまでこういう高級な食品は特にいらないような気がしていたのである。しかし母と舅姑《しゅうとしゅうとめ》の三人は、皆、鮎が好きであった。連れて行って食べさせてやれない以上、うちに頂くほど嬉しいことはない。

しかし私は肉体の死で、初めて死というものが人に訪れるなどとは、どうしても思えない。人は段階的に何度も死ぬ。いや日々部分的に死んでいる。或る看護婦さんが、脳死の状態に何日もおくと、やがて腐敗した脳の臭《にお》い（死臭）

が鼻の穴からするようになるから、傍にいる人は誰でもわかります、と言っていた。それでも心臓も肺も人工的に動いている。

　私は自分の場合に限って、精神の死をもって死と認めたいくらいである。しかし心配しないで頂きたい。私は根性が曲がっているので、自分に望むことを、むしろそれゆえに、人にしない主義だからだ。だから、三徴候によって死を認定することを希望する方たちのためには、その好みを充分に生かすことのために百パーセント働くつもりだ。ただ自分の希望を（それも今言っているような極端なことではなく、医学的な常識の範囲内で）叶《かな》えて貰《もら》えることも強力に望むけれど。

「狸の幸福」新潮文庫

母が寝たきりから解放された日

結婚後もずっと一緒に暮らした母は、私が五十歳で目の手術を受けた頃には寝たきりになりボケもきていて、私の失明の危機にも心配をせず、そのことは本当によかったと思っています。

昭和五十八年（一九八三年）、母は八十三歳で亡くなりました。最期まで自宅で看取《みと》ることができました。看病を助けてくれる看護者を頼む少しばかりの経済力があったことや、訪問診療してくださったドクターたちのお陰だと感謝しています。

母は献眼を望んでいましたので、亡くなった夜の夜半を過ぎた頃、東大から釣り師用の冷蔵庫を持った方が取りにこられました。そのことがどんなに私たち遺族の心を明るくしたことか説明にむずかしいくらいです。母は癖《くせ》のある頑《がん》固者《こもの》で、晩年は周囲の人を少し困らせもしましたが、見えない方の眼を開けていったのだから、「地獄」にだけは絶対に行かされないだろうというそんな安心感ですね。

母の葬儀は希望もあって極秘で家族だけで出しました。三浦朱門も家族の死によって世間に迷惑をかけてはいけないと言うので、死の翌朝、私は約束どおり講演会に行きました。非常に天気のいい土曜日の朝でした。私は心の中で「お母さまは今日から寝たきりじゃないわね。これからどこへでも一緒にいきましょうね」と言っていました。日曜日が友引で火葬場が休みでした。お別れらしいものはその次の週末に、ゆっくり通知をして行うことにしたのです。

『この世に恋して』　ワック

死ぬべき時に死ねることを感謝する

うちのおばさんは、今の土地に住みだしてから、もう半世紀以上になるそうです。

半世紀っていったら、古い話ねえ。

きっとその頃にはこのあたりにも、恐竜がたくさんいて、氷河もあったんでしょうねえ。時間というもののない猫にとっては、半世紀なんて途方もない長い年月のことは、てんでわからないのよ。だから、長い、ということは、それだけで悪なんです。

いつか、うちのおばさんは、人間がもし死ななくなったらということを半日考えて暮らしただけですっかり鬱《うつ》病になってしまったことがあるのよ。私、ちゃんと知ってたんだから。

死ななくなったら、人間は永遠に働かなきゃならない。

嫌な人間とも永遠に顔を突き合わせていかなきゃならない。痛かったり歩けなかったりする病気も、永遠に我慢しなければならない。

生きることにどんなに疲れても、自殺という解決さえ残されない。これはもう地獄そのものなんですってね。

だから適当な時に死ねてよかった、と人間は自分が「死すべきもの」であることに深く深く感謝すべきなんですって。

『飼猫ボタ子の生活と意見』　河出書房新社

死は再会の時

無神論者はそれで一向《いっこう》にかまわない。死ねば無に帰するのだという考え方も、一つの勇気である。

しかし、私個人としてはもう少し積極的に死を考えたい。それは晩年のミケランジェロの言葉が最もよくあらわしてくれている。

「生命が私たちに好ましいものであるなら、死もまた私たちにとって、不快なものであるはずがないでしょう。なぜなら、死は生命を創造した巨匠の同じ手によって創《つく》られたのですから……」

これは私の甘い夢だといえばそれまでなのだが、私はやはり死後の再会を楽しみにしたいと思う。私はあの人にもこの人にもあの世で会うつもりなのである。そしてそう思えることは、本当に楽しい期待である。ことに長生きして、配偶者や子供たちが先に死んでいるような人の場合、死はまさに再会の時であろう。何で恐怖や悲しみを感じる必要があるだろう。

『完本　戒老録』祥伝社

年貢の納め時は自分で決める

知人の舅《しゅうと》は、もう長いこと老人ホームにいた。息子夫婦の今の住まいでは、老人に一間を専有してもらう部屋の余裕がなかった。老人の方は、ホームでも得意の習字の稽古をし続けたりして、けっこう楽しそうであった。

しかし九十を過ぎると、次第にご飯の食べ方がへたになって来た。始終むせ、誤飲を繰り返し、何度も肺炎を起こして入院した。

ついに病院のお医者さんが宣言した。普通の食事をやめて、チューブにする、と言うのである。しかし老人はまだ頭がしっかりしていたので、この宣告を聞くと泣き出した。もう普通の食事を食べさせてもらえなくなる、ということがわかったからである。

私の知人は心の優しい婦人だった。義父にはまだ食べる楽しみがあるのだから、肺炎を起こしてもかまわない、賭けだと思って口からの食事を続けさせてやってほしい、と頼みこんだのである。その後、この老人が亡くなったという話は聞かないから、賭けは、私の知人側の勝ちということで済んでいるのかもしれない。

私の母は、亡くなる前一年四カ月くらい、ほとんど食べる力がなかった。口にものを入れても、頬の内側の袋の部分に溜めておくだけで、噛みもしなければ、飲み下しもしない。その段階で、私は母が、もう本当は動物として生きる資格を失っていると感じた。

しかしホーム・ドクターはすばらしい人だったので、母にとにかく一口でも食べさせるようにと私たちに命じた。自然の食事を重んじて、管に頼ることは避ける方針を採ったのである。

だからその頃、私の家は大変だった。母に食事をさせるには一人がつきっきりで三時間くらいかかる。軽く母の頬を叩いたり、話しかけたりして、頬に入れっぱなしの食物を何とか嚥下《えんげ》させなければ、食べたということにならないからである。

忙しい私は、とうてい母に付き合ってはいられない、という気分だった。人は、私が母の傍に机を動かして、小説でも書きながら、食べさせればいいじゃないの、と言った。小説はたわごとに見えるかもしれないが、「小説でも」書きながら、母の看病をすればいいというようないい加減なものでもないのだ。

私は「二十四時間いつでも食事体制」というシステムを採ることにした。甘いミルク紅茶とか、柔らかいプリンとか、甘酒とか、小さなチョコレートとか、とにかく、消化のいいエネルギーになりそうなものを母の枕元に置いて、母の布団の所を通りかかった人が、母が唇をきつく閉じて拒否しない限り、一口でも、二口でも、口の中に流しこむのである。そして頬を叩いて飲み込ませてから立ち去る。食事時間など決めず、こういうことをのべつ続けることにしたのである。こうでもしなければ、わが家の家庭生活は成り立たなかったのである。

ありがたいことに夜勤だけしてあげる、というやや高齢の看護婦さんが現れたので、野菜の裏ごしやお粥などというメインの食事は、彼女がうちへ来てくれる夜八時からとなった。そこで二時間くらいかけて、食べさせてもらう。

母が亡くなった時、私は主治医に褒められた。

「よくこれだけ保《も》たせましたね。褥瘡《じょくそう》もないし、痩せてもいないし」

すべて夜勤の看護婦さんの功績だと知っている私は、心の中では首を竦《すく》めていた。母の最期は、ありがたいことに実に自然であった。死後も角膜を提供し、自分の両目であがなったことにもなる五千円のお香典を、私は自分が係わっている海外邦人宣教者活動援助後援会という救援の組織の通帳に入れた。

娘の私から時々「ねえ、早く食べてよ。こっちも忙しいんだから」と文句を言われた以外、母は残酷に扱われたことはない。母が食べたいのに、私たちが食事を与えなかったのではない。母が食べたくない、と態度で示した時、母は生きることを拒否したのである。若い人なら、その時強制的に管をつけて食事を流し込み、生かす意味もあろう。しかし人生には適当な潮時があろう、と私は思っている。そしてそれがその人にとっていつかは、周囲に「愛情があれば」自然にわかるものなのだ。

高知の愛和という老人病院が、主に痴呆症の老人に対して人工栄養チューブを使わず、最低限の点滴と口から注射器で栄養剤を入れる方法を採っていた。

その結果、一年で二十人の老人が死亡していた。一月二十七日付け（一九九七年）の毎日新聞によると、院長は、「形としては消極的安楽死だが、寿命に任せる自然死だ。チューブを入れたまま植物状態にすると、みじめで尊厳がなく、医療費も無駄になる」と言っている。

この事件後、さまざまな意見が既に出ていて、今後も出るだろう。いけないのは、親の最期に対して、はっきり意見を出さない親族である。「うちは一日でも生きのびさせてもらいたいです」と言うのなら、予《あらかじ》め頑強にそれを言い張っておくことだ。

こと自分に関する限り、私はこの院長と全く同じ考えである。痴呆になった私を長く生かしておくことは医療費の無駄遣いだ、と思っているのである。しかしそれを他人に適用してはいけない。他人にもこの合理性を適用できるということになると、誰が生かしておいてもいい人で、誰が生かしておくと無駄な人か、他人が決められるという考えが定着する。医療費は無駄でも仕方がないのである。

ただ自分の死と家族の死に対しては、私たちは自分独自の好みを織り込んだメニューを作っておいて当然だ。そのようなメニューに基づいた死のデザインに対しては、社会が理解を示す空気も必要だ。

母の死後、老人の点滴ほど、避けねばならないものはない、と或る内科医から教わった。むりやりに高いカロリーの注射をすると、体の細胞が水膨れのようになって、息をするのも苦しくなるという。それに管に頼ると、ますます食欲がなくなる。

知人の舅は、もし医師の言う通りにしていたら、反対に死んでいたかもしれない。まだ食べられて、まだ食べたい老人まで、安全を理由に管人間にするという危険思想も一方にはあるのである。

年貢の納めどき、という言葉を私は好きだ。人にもものにも、すべて限度がある。しかしそれは、自分で決定すべきで、それが自由人の選択である。他人にあなたはそろそろですよ、と言われることもない。しかしいつまでもしがみついていることもない。

『ほくそ笑む人々　昼寝するお化け　第三集』　小学館

「断念に馴れる」効用

しかし、おばさんの心の中には生まれてからこの方、ずっとこの世を一場の悪夢と思う姿勢がぬけないらしい。悪夢にしては、ずいぶんとすばらしい、心躍るような数十年だった、と思っている。実にたくさんの尊敬すべき人に会えて、どう感謝していいかわからない、と思っている。それにもかかわらず、おばさんは心のどこかでずっと疲れているそうだ。もし死が永遠の眠りなら、「お先に」とにっこり笑って眠らせてもらいたい気分なのだ。

死を受容するもう一つのやり方は、断念に馴れる、ということである。いいことか悪いことかわからぬが、「断念」を或る程度容認するということは人間の生活の根本姿勢だとおばさんは思っているのだというのである。

ボクから見ればアホな話である。猫など断念だらけだ。猫が病気になれば、自然治癒が望めぬ限り死ぬのである。この頃は犬猫病院などというものができて、猫でも医者にかかれるようになった、と人間は恩きせがましく言うが、あれは全くいい気なものだ。

猫や犬は人間に通じる言葉を喋らないのだから、どうして症状を訴えることができよう。ことに人間というのは、決して五覚の鋭いものではない。獣医というのは、症状の訴えなしで、治せるところだけ治しているのだ。だから犬も猫もつまりは決して医者に頼ることはできない。

野良猫であろうが飼い猫であろうが、精神の姿勢は断念にあるのである。

『ボクは猫よ』　文春文庫

死後の世界は孤独ではない

私のように、八十代も間近になると、死はすぐ身近な現実として、あちこちに見られる。つまり、あの人も死んだ、この人も間もなく死ぬだろう。そして自分自身も後十年は生きないだろう、という実感が迫って来る。

かつては、私の死ぬ時、私は誰もいない未知の土地に歩み入る自分を想像した。私は風だけが吹いている、無人の岸辺に立っているようなものだった。しかしこの年になると、死後の世界はもう孤独ではない。あの人もこの人も、既に向こうの世界に着いている。やあやあ、お久しぶり。あなたは今日お着きでしたか、という感じだ。だから来世は無人の岸辺ではなく、私にとって実に賑《にぎ》やかな風景に変わっている。

それほどはっきり思うわけではないが、私は少しその心境に近づいている。

私は自分を、凡庸《ぼんよう》な人間の運命の流れの中に置くのが好きだった。だから私はいつも考える。

人にできたことなら、多分自分にもできる。人が死ねたなら、多分自分も死ねる。

生きている人は、すべて死んだのだ。

この地球が発生して以来、四十六億年の間に、生まれた人の数だけ、死も存在したのだ。

『人生の第四楽章としての死』徳間書店

時間が早く経つと感じるのは幸福な証拠

十月近くなると、誰かが時々、「え？　もう十月？　早いわねえ。一年はあっという間だわ」と言う。四十代にもなると、誕生日を祝ってもらって嬉しいなどという気分にならない人もいる。

しかし私はよく思うのだ。もし時間が早く経たないという感じになる時があるとしたら、それは多分不幸な時なのだ、と。

私は怪我と眼の手術以外、重病で入院したことがまだないのだが、集中治療室のあの非人間的な空間から生還した人の意見を聞くと、あそこでは一秒一秒が意識されるのだという。テレビもない。雑誌も読めない。花もない。空もない。窓から見える景色もない。

動くものはすばらしい。それは生きているから、とその人は感じたそうだ。風にそよぐ木々の梢。通りを行く人。塀の上を歩く猫。ゆっくりと動く日差しの傾き。すべてのものは不動とは反対の自然な変化を示してくれる、と言う。

私は飛行機の中で、その日に限って時間が長く感じられ時計を何度も見たことがある。もう大分経ったろうと思うのに、さっき時計を見た時からたった五分しか経っていない。こんな調子であと六時間、どう耐えたらいいだろう、と感じたら絶望的になった。よほど体調が悪かったのだろう。それ以来、時間が早く経つと感じるのは幸福な証拠、と思うようになった。

私はまた時々、魔法使いのおばあさんが出て来て「何でもあなたの希望を一つだけ聞いてあげる」と言い、私はついうっかりその手にのって「いつまでも死なないように」などと頼んでしまった時のことを空想する。つまり私はどうしても死ねなくなったのだ。友達が皆いなくなっても、家族が死に絶えて一人ぼっちになっても、嫌なことが続いても、地球が末期的様相を示すようになっても、とにかく死ねなくなったのだ。これこそ最高の刑罰ではないだろうか。

それを思えば、この年まで生きて、適当な時に（これはいつが適当かわからないけれど）死ねる保証を得ている、などということは、最高に幸福な状態だと言える。嫌なこととは、いつかは必ずおさらばできるのだから。

『社長の顔が見たい』　河出書房新社

永遠の前の一瞬を生きる

人間の皮膚にも老化のきざしははっきりと窺《うかが》えるが、思考もその原則を逃れることはできない。

しかし地球上のものが、時の経過という運命を拒否できない以上、思考も老いていいのだ、と私は考えている。私はカトリック系の学校に幼稚園の時に入れられたので、ごく幼い時から、先生の修道女たちが「私たちは、永遠の前の一瞬を生きているにすぎません」「この世は、ほんのちょっとした旅路なのです」と言うのを聞いて育った。私もけっこう反抗的な生徒だったが、修道女たちのその「呟き」が間違いだったと思ったことはない。

『波』新潮社　2019・8月号

庭の手入れが教えてくれること

庭の手入れをしながら、私はいつも、古いものは取り除かれ新しい命に譲る、生の継続と繁栄の姿を見ている。すると、「後期高齢者」という制度や呼び名に腹を立て、「老人に死ねというようなものだ」などと怒ることもなくなるだろう。なぜなら、古い命が若木に譲るのは、当然の仕組みなので、植物は無言で自然にそのルールに従っているのである。

もちろん、よい若木を取るためにも、庭師は植物の声をよく聞いている。何より親木の面倒を大切に見てやらなければ、よい若木も取れない原則があるからだ。

『自分の財産』 産経新聞社

第 7 章

心の解放を楽しむ

私が長生きした理由

私は一九三一年の生まれだから、二〇二〇年代までも生きるとは思わなかった。

長生きの理由はひたすら遺伝的要因によるものだと思うが、その上偶然、私はお酒にも煙草にも傾かなかった。その上中年の或《あ》る日、気がついてみると、私は農業（の真似事）と料理が好きな性格になっていた。私は（もちろん人の手を借りてだが）庭に菜っぱの畑を作り、日々の料理も始終台所でするようになった。本当は同居しているイウカさんの方がずっと料理はうまいのだが「余計な手出し」をするのである。

それで外食はあまり多くない。それでも今年は、立派なお節が届いた。我が家に滞在中のモンティローリ・富代さんが、どこかに発注した玄人《くろうと》のお節のお重詰めである。けちな私は、そんな贅沢をしたことがない。

昔は、お正月に母が律儀に晴れ着を着せた。しかし私は一月一日におろすような新しい服なども持っていない。ただ暮れに、アメリカ系の会社の通信販売でフランネルのシャツの新品を買った。

今着ているものに穴が開いているわけではないが、フランネルはいつ着てもあったかくて肩が凝らなくていいなあ、と思うので、常に新品が欲しいのである。そのうちの一枚をおろす。

こんな日常的な希望が叶えられる生活が、本当は一番贅沢なのだとわかっている。

『Ｖｏｉｃｅ』ＰＨＰ研究所　２０２０・４月号

#「転んでもタダでは起きない」

最近私は、歩くのが下手になっているので、数日前も庭で転んで、左側の頭を芝生に軽く打ちつけた。私は楽観的な性格も持ち合わせているので、これで、切れかかった脳味噌《のうみそ》の神経も繋《つな》がったのではないか、と希望的観測を抱きながら、しばらくそのままの姿勢で芝生の上に寝て空を見ていた。幸いなことに、このぶざまな姿勢を誰も見ている人はなかった。

しかしふと気がつくと、私は小さな春菊の畑の縁に倒れていたのであった。地面に近い位置から、春菊の畑を見たのは初めてであった。視線の位置で、春菊畑が森に見えないでもないのがおもしろかった。

擦りむいた膝と肩の痛みを抑えるために、私はわざと倒れたまま（芝生に寝転がったまま）、時間稼ぎをしていたのだが、こういうおもしろい姿勢では、他に自分にできることがあるような気がした。つまり寝たまま、春菊の収穫をすることを思いついたのである。

どっちみち、体の痛いのを少しやり過ごしてから起き上がるつもりだったし、青空を眺めて寝ているのは悪くない。

改めて家庭菜園の収穫をしようと思えば、台所からザルを持って出直してこなければならない。どうせなら倒れたまま、春菊を摘もうと考えると、思いのほかうまくいった。脊柱管狭窄症《せきちゅうかんきょうさくしょう》で痛む背中を「農作業」のために曲げる必要もないし、何より安全である。密植している部分か、徒長している株を抜けば、自然に手早く間引きができる。台所からザルを持って出直してこようとすれば、また飛び石のところで転倒する危険がでる。

夕食は私一人だった。とすると、お浸しでも胡麻和《ごまあ》えでも、この程度しかいらないだろう、という春菊の量の推定はすぐできる。

私は空を見ながら春菊を摘み、その束を手に握って書斎に戻って来ると、秘書に愚痴を言った。

「昨日の晩にせっかく洗ったばかりの髪を、転んで泥だらけにしたわ。でもついでに春菊摘んでこられた」

「それがほんとうに『転んでも夕ダでは起きない』ということですね」

　長い人生だが、格言通りに生きたという記憶は多くない。

「急《せ》いてはことをし損じる」は時々有効に使った。同じような意味らしいが、「急がば回れ」には必ずしも従わなかった。あわくって直接的に急いだ方が、急場を脱出できる、と思ったことの方が多い。

　人生は予測もできないし、やり直すこともできないのだけれど、何歳になっても一瞬一瞬が勝負という面があるのは、楽しい。

『死生論』　産経新聞出版

料理はその人の生き方そのもの

家では私の母が北陸の田舎育ちで、魚を骨までしゃぶりつくすような料理の方法を教えてくれた。魚は煮ると必ずその煮汁でおからを作る。東南アジアでは小魚を揚げて食べるので、私が最近足を折ったお見舞いにいただいた小さなカタクチイワシの干したものも、さっと揚げておいて、お味噌汁《みそしる》にもスープにもサラダにも入れるようになった。これはクルトンのようなおいしさを添えてくれて、両足を折った私のおそまつな骨にも役立つはずだ。

料理はその人の歴史でもあり、生き方そのものであるような気がしてならない。私は夫の健康のために無理して料理した覚えなど全くないのである。私は自分がおもしろいから料理をしている。作るから、食べたいという人には食べさせる。

『平和とは非凡な幸運』講談社

人生の問題を解決する方法

結婚、家庭、健康、病気、老年、死などというものは、誰にとっても永遠の問題である。自分だけが困難を抱えている、と思うほうもおかしいが、私たちにとっては、政治や経済の危機より大きく感じられるものである。そしてまたその難しさを解決する方法は、現在もないし、将来もあるわけがない、とも思う。

しかしそれにもかかわらず、救いというものがなくはない。それは過ぎて行く時間を、それなりに賢く使うことである。この一刻が耐えられ、できたら楽しいものであり、さらに目的を持つものであるならば、その連続である一生は決してみじめなものではないはずだ。

『人は星、人生は夜空』 ＰＨＰ研究所

毎晩寝るまえの一言

生きる限り、自立の能力を保つことは、しかし口で言うほど簡単なことではない。私の母は俗に言う働き者だったが、一夜にしてまっすぐ歩けなくなり、精神的な能力もすっかり衰えてしまった。脳軟化と言われる症状が起きたのである。だから、私は今日の自分がどうやら昨日と似たような行動が取れるのは、幸運以外のなにものでもないと思って毎日暮らしている。私は日本人の平均寿命を生きて死ぬまでに、後十数年あることになっているが、毎晩一言だけ神さまにお礼を言ってから眠ることにしている。祈りは怠け者の私のことだから、数秒しかかからない短いもので「今日までありがとうございました」というのに決めている。もっと長く祈る時もあるのだが、途中で眠くなったり、注意散漫になる時もあるから、最低線を決めたのである。明日にも私の体に異変が起きて、思考や運動が不自由になるといけないから、今日までのところでお礼を言うことにしたのである。

『晩年の美学を求めて』　朝日新聞社

社交嫌いの幸せ

私と夫は、偶然だが一つだけよく似たところがある。それは一種の社交嫌いなのである。もちろん親しい友人はたくさんいるし、そうした人々とはあきれるほど本当のことが言える。しかし昼も夜も、下心のある人と付き合って暮らすことが好きとはとうてい思えない。夫は先日も千五百円で新しいパジャマを買い、ハゲチョロケよれよれになった古いパジャマを惜しそうに捨てながら、「ああ、やっぱり、風呂に入って清潔なパジャマを着て、自分の気に入った硬さのベッドに寝っころがって、本を読んだりアホなテレビを見るのが一番休まるなあ」

と当たり前過ぎることを言う。こういう志の低い生き方を人生で大きな幸福と思い、女房もまたそれに同調するようでは、とても勢力を拡張し続けたい政治家の心などわかるわけはないのである。

『魂の自由人』 光文社

気楽にご飯を出す

前にも言いましたが、僕の家には家訓と言うほどのものではないんですが、祖父ちゃんの好みとして、誰でもうちへ来た人に気楽にご飯を出す、ということがあります。

「なあに、どこのうちだって、大したものは食べておらんのだ。ことにこの頃はやたらに健康志向だろ。青魚がいいの、イモを食べろの喧しいことだ。しかし質素で大変によろしい。だから客が来ても、その程度のものを出せばいいんだ。それに大介のうちなら、その程度の客しか来んだろうから、家計にも大した影響はないだろう」

僕は黙っていましたが、実は僕自身、そういうご飯が好きになってしまっているんです。イモはそうそう食べませんけれど、サバの塩焼きとか、湯豆腐とか、たっぷり葱《ねぎ》を刻み込んだ納豆とか、そういうものがほんとうに好きなんです。だから学食もたまには食べますけど、コンビニの弁当はあまり好きじゃない。それくらいなら、うちへ帰って、さつま揚げをちょっと炙《あぶ》っておろし生姜《しょうが》をつけたり、辛い塩鮭《しおざけ》のかまのところを焼いて熱いご飯と食べる方が好きです。そう言ったら、或る時、女の子からおじん趣味だって言われましたけど、おいしいものはおいしいですからね。大根なんて、お袋のいない日には、チリメンジャコを入れた水で、時間かけて土鍋でことこと煮るんです。それに柚《ゆ》味噌《ず》をつけます。出来合いの柚味噌は、お袋がいつも冷蔵庫に入れてあるから便利なもんです。

祖父ちゃんに言わせると、人に食事を食べさせるという行為は、人間の基本的な社会性を示すんだそうです。食物の原材料を収穫し、それを調理して、しかもそれを他者に供するということは、人間にしかできない行為ですからね。サルはバナナの皮を剥くことはしますが、バナナを植えたり、調理することはしないんです。

『非常識家族』 徳間書店

食べられることは偉大な幸福

私の家では、私が男みたいな暮らしをしているから、高齢のお手伝いさんに手伝ってもらっているが、それでも冷蔵庫の中身を一番気にしているのは私である。それは昔、私がすばらしい教育を受けたからなのだ。

私の育ったカトリックの修道院付属の学校は、戦前から、頼めばお昼の食事を学校で食べさせてもらえた。スープ、お肉料理にジャガイモやホウレンソウなど野菜が二種類つく。金曜日は小斎日《しょうさいび》と言って、イエスの苦難を忍ぶために魚しか出なかった。タラが多かったが、外国人は魚料理が下手でおいしくなかったから、それで苦行をした気分になれた。

食べる前に長い長い英語のお祈りを我慢する。食事中は上級生から厳しいマナーをしつけられた。スープを音を立てて飲んでも、お皿を持ち上げても、ナイフを口に入れても、手首以上に腕をテーブルに載せても、行儀が悪いと叱られた。

修道院料理の特徴を、私たちは秘かに「御復活料理」と呼んでいた。もちろんイエスの復活にひっかけているのだが、つまり昨日食べ残した材料を、全く別の料理に仕立てて出すことを皮肉ったつもりであった。スープは残りもののすべての野菜を小さく切ったミネストローネ風。

コロッケには後で思えばイタリア風にチーズをまぶしたご飯まで入っていた。

当時はけっこうそういう料理をけなした癖に、後年、私もその習慣を踏襲するようになった。だから教育は大切だ。私は正式に料理など習ったことがないので、自由に材料を買って来てお客様用の料理を作りなさい、と言われたらびびってしまう。

しかし、週に一回は必ず冷蔵庫の野菜と肉の引出しの中身を合わせたスープを作るし、乾物の棚の点検も怠らない。ワープロに疲れると立って行って、豆を煮たり、おから煎りを作ったりする。

気分転換に料理は一番手近でいい。

それでもけっこうな量の屑が出る。仕方がないから、肥料にして小さな畑を作っている。

飢餓の年に、地べたにへたり込んだまま手の届く範囲に生えている草を食べていたエチオピアの男性の姿を一度見てから、食べられることは偉大な幸福だと思う癖は抜けない。

『それぞれの山頂物語』講談社

ここが怠け者の手抜きポイント

近年、ますます嵩《こう》じてきた私の悪癖は、当然のことだが、怠《なま》け者になって来たことのように思う。元々、どうしたら手抜きができるかと考えて世間を送るたちだったが、年を取って来ると、ここなら手が抜けるというポイントがいよいよわかるようになって来たのだから始末に悪い。

人の命に係わることや、ほっておくと火事になるようなことは、手をぬけない。しかしその他の部分は、大して重要ではないに決まっているのだから、できるだけ楽にことを済ませる。そうして人生を大過なく終われれば、めでたしめでたし、私はもしかすると「人生の達人」だったのかもしれないなどと錯覚さえできるのである。

『自分の財産』　産経新聞社

晩年における四つの必要なこと

すなわち、この世に起こり得るすべての善も悪も、何らかの意味を持つと思えることが許容であり、自分の身に起こったさまざまのことを丹念に意味づけしようとするのが納得である。宗教的に言えば、それは神の意志を、自分の上に起こるすべてのことに見ようとする努力である。望んでも与えられなかったことが、どの人間の生涯にもあり、その時執着せずにそっと立ち去ることができれば、むしろ人間はふくよかになり得ると思えることが断念である。そして回帰は、死後どこへ還《かえ》るかを考えることである。無でもいいが還るところを考えないで出発することはおろかしい。「時は縮っている」と聖パウロは現世の過ぎ去ることの早さを警告した。私の好きな言葉である。

『完本　戒老録』　祥伝社

食事は一刻の心の解放を共に楽しむ方法

楽しい一瞬を共有するということは、誰にでもできるすばらしい芸術だ。

私はまず深く感謝をする。

それから今の時代にしては、よく人を食事に呼ぶ。

老人の世話をする人などには、ほんの短時間でも厳しい現実から離れてほかの世界に遊んでもらえば、それで気分も休まるものなのである。

私の同世代は今、夫の看病に時間を取られる人が多い。

そんな時一番いいのは、お互いの家で食事を作っておしゃべりをすることだと皆思っている。

幸い私の出た学校の卒業生は料理が好きな人が多いので、お金もかからずに、順繰りに友達の家を食べ歩いて、一晩お金も使わずに笑っている。

先日、私は葱鮪《ねぎま》鍋の材料を提《ひっさ》げて友人の家に行った。

葱と鮪《まぐろ》の鍋だから「ねぎま」というのである。

昔は東京下町の庶民の食べ物だった。友達の一人は「何十年ぶりかで、ねぎまという名前を聞いた」と言った。
いずれにせよ一刻の心の解放を共に楽しむには、生身の人とつきあい、自分で料理をすることが鍵なのである。

『自分の財産』　産経新聞社

終わりがあることは救い

人間は、おしまいになることを常に恐れている。

体験上もっともなことだ。お財布の中の最後の千円札がなくなれば、危機感を覚える。別れはいつも辛い。

愛の終わりは生涯忘れられない打撃である。死別は決定的な喪失だ。時が癒してくれるのを待つほかはない。それらすべてが或る状態の終わりにやってくるのだから、人間がそれらを恐れるのは当然だ。

しかし私はこのごろ、終わりがあることは救いだということを知っている。一つの缶詰を開ける。開けたては美味しいが、三回も食べれば飽きてくる。食べきると嬉しいのは、これで新しい料理が作れるからだ。

私は家の中を片づけて、要らないものを捨てるのが道楽に近いほど好きだ。ものを捨てられないという人の話を聞くと不思議な気がする。私はものを大切に使うたちではあるが、使う当てもない箱や紙類をとっておくほど、空間をむだにすることはない、と考えている。食器棚を片づけて空の棚ができると実に爽快だ。もう私の年になれば、今持っている陶器だけで一生充分なのだが、それでは精神が縮こまるので、私は今でも時々気に入った食器を見つけるとささやかな買い物をする。食器戸棚に空間があるおかげだ。

もし物事に終わりがなかったら……と考えるとこんなに恐ろしいことはない。地球のすべての営みは老化し、停滞し、果ては無残な崩壊をみせるだけだ。どんな嫌な仕事でも、期限があれば耐えられるし、嫌な人とでも数日の付き合いなら何とか過ごせる。

人生の後半生には、ありがたいことに立派な仕事が発生する。老化を人間らしく受け止め、病気があればそれに耐えることと、死という仕事を果たすことである。

仕事があるということは、たとえそれが死であっても、すばらしいのである。何もすることがなかったら、それは拷問なのだから。未だ人間に与えられていない極刑があるとしたら、それは、永遠に死なないという刑罰だろう。それこそ願わしい状態だという人がいたら、それはイマジネーションの足りない人であることを示している。

人間社会のあらゆる悪とその結果を書きつくしたかの観のあるギリシャ神話にも、まだ死を許されなくなった人間の業苦のケースは描かれていない。私はいつか死ぬことができなくなった人間の話を、偽ギリシャ神話として書きたいと思っているが、それはギリシャ人の人生観と根本的に違うらしいので、偽物としても通用しないだろう。

人生に終わりのあることは、最大の幸福であることを忘れてはいけない。

『人生の後片づけ』河出書房新社

私のある一日の過ごし方

現在の私の日常生活を一応記しておく。これが二〇一八年の八〇代後半の、一人の生き方だからだ。

朝は、五時から六時半の間に起きる。テレビをつけてBBCかCNN系のニュースを見る。今はよく知らないのだが昔は低血圧だったから、この間に乱雑になった室内を少し片づけたりして、体中を巡らせるようにしている。最近は朝風呂に入ることも多い。夜になると疲れて入りたくなくなる。しかしいずれにせよ、一人でお風呂場で倒れるのも困るから、イウカさんが出てくる七時近くに入ることが多い。

七時から七時半の間に階下の台所で朝食。昔は食事のときテレビをつけなかったが、今は一人なので、食べながら見るという生き方も悪くない。

朝食はチーズを乗せて焼いたトーストを一枚。もしくは中華の肉まんじゅうを一個。もしくは残りのご飯かお粥。

けちな精神で、冷蔵庫の中を片づけるという目的が優先する。お粥のおかずは事欠かない。佃煮、塩辛、雲丹、海苔。梅干しは酸っぱいのであまり好きではない。それに納豆。

車の運転をしてくれる佐藤さんは、朝、昼、夜に納豆を一箱ずつ食べるというので、私は言ったことがある。

「佐藤さん、あなた死なないわよ。あんなに体にいい納豆を毎食あがるんだから」

佐藤さんは六十代のはずである。そして無類のお風呂好きである。夜はお風呂に入ってさっぱりしたところで、奥さん公認のガール・フレンドたちと「お米のジュース」を飲む日もあるらしい。「生まれつき顎《あご》が弱くて流動食しか摂取できない」のだと真顔で言う。こういう逸話を聞きながら、佐藤さんの納豆好きの威力を考えると、彼は死ぬわけがない。

さて、七時から八時にコーヒー、牛乳、バナナなど飲んだり食べたりしてから、今度はマッサージチェアの中で新聞を四紙読む。このマッサージチェアは、私が乗っていない時は、雄《おす》の直助が丸くうずくまって寝る場所である。直助は雪より早くうちに来た。猫の「先任」の威力は大したものだ。直助はどこの部屋でも一番いい椅子に坐る。私の仕事用の革張りのソファも、彼の寝床。「お母さん」（私のこと）が来たときだけ、仕方なく明け渡している。

私は、集中力なく、だらだらと昼頃まで書く。昔から机に向かえばすぐに書けるたちだった。小説も、エッセイも、書く内容と終わりの部分がはっきり見えてから書き出している。この頃は体力がないので、秘書が来てからラフな下書きを書き、それをパソコンでお清書してもらうことが多い。

原稿は四百字詰で書く時もあるが、依頼して来た編集部の都合のいい字詰めで書くこともある。「一行二十六字詰めで一頁二十九行を三枚」などという注文の時にも、それに合わせる。英文タイプでは、まずマージンと呼ばれる紙型を作る。大学時代からそれに馴れていたので、私はどんな字数でも書ける。

途中で郵便が来ると、そちらに気をとられて原稿書きは遅れる。注意散漫という状態の方が書くのに都合がいいようでもある。だから煮物などしていると何回でも味見に立つ。

お昼の食事の時には、家中電話は出ないことにした。秘書だってご飯の時はゆっくりさせたい。呼び出してくださっている方に詫びながら、一時少し前までは原則電話に出ない。

午後の三時に、イウカさんと秘書はお茶をする。

私も加わるのだが、甘いものをあまり好きではないから、お菓子は食べないことが多い。自分が何歳くらいのときから甘いものを食べなくなったか記憶にない。つけ加えておくと、私は食事の三十分くらい前に、猛烈にお腹が空いてたまらないことがある。後、ほんの二、三十分待てばいいのに、それができないのが恥ずかしい。朱門が最期にベッドの足許に置いていた冷蔵庫が、今はお菓子やカップ麺の貯蔵庫になっており、そこにはイウカさんや秘書さんたち用の甘いお菓子もあるのだが、私の塩せんべい類も貯蔵されている。

その間に二匹の猫と遊ぶ。「直ちゃん」「雪ちゃん」と猫なで声で言い、「うるさいなあ」という顔をされる。庭で育っている菜花が残っているのに気がついたりすると、イウカさんに「あれを夕食のおひたしにしてくださる?」などリクエストもする。

夕食前六時頃、夕刊を二紙読む。

夕食もテレビニュースを見ながら私用に鍋ものなどを送っていただいてあると、イウカさんに「よかったら食べていらっしゃいよ」と引き止める。イウカさんはブラジル育ちだから、夕食は多分自分の好みのものを作って食べたいのだろうと、我が家の晩ご飯は、別にしているのだが、自分が好きなものはイウカさんも好きだろう、と決めるところが私の悪い癖だ。

そして夕食後はまた、読書かテレビ。ナショナル・ジオグラフィックと呼ばれるチャンネルのものが好きだ。十時頃、寝室に引き揚げる。

ドアを少し開けておくから、白い雌《めす》の雪ちゃんは、すでに自分用のプラスチック桶の中で寝ている。雄《おす》の直助は、私のベッドの毛布の上に先に行っている。私が「やれやれ」と嘆くと、直助は真ん丸の目で「何が悪いの!?」という表情で私を見ている。

私の一月は文字通りまだ、冬ごもりだった。外へ出る気にならないのである。

一日、寝ている日もあって、これは深く反省している。生きたまま廃物になりそうだった。

『私日記11　いいも悪いも、すべて自分のせい』　海竜社

私の感謝の半日

一昨日の朝方、夜の引き明けに、私は自宅の二階から階段を数段落ちた。飼っている猫に倣って、落ちた瞬間、頭を手で庇《かば》って身を丸めたので、頭は少しも打たないで済んだ。しかしその代わりに、右の鎖骨を脱臼骨折し、救急隊のお世話になって入院した。

右腕は痛くて使えないが、肘の関節から先は動かせる。実は落ちた直後から、右手はお箸も持てるし、字も書ける機能を残していることを自分なりに確認していたのである。その瞬間から私は安堵《あんど》し、その安心で切羽つまったけが人の心理に追い込まれずに済んだ。

それからまた、私の感謝の半日が始まった。

胸も首も痛くて動けない私を車まで運び、そんな時間から既に始まっているラッシュの中を、サイレンを鳴らして先に通してもらった。私は出血しているのでもない。できれば自分の家の車で病院に行きたかったのだが、体中どこをさわっても激痛があるので、乗用車には乗ることもできなかった。

生涯に三度目の救急車で、私の入院はいつも骨折であった。

私の骨密度は悪くないはずであった。

甘いものが好きではないので、おやつにイワシの丸干しを食べるような好みでもある。

毎食のように、庭のコマツナや春菊もテーブルに出てくる。

庭の小さな畠《はたけ》には種をまいておけば、つまりいつの間にか菜っぱの食べられる日が来ている。

私は昔ながらの日本人の、少し農村風の自然な生活をしてきたのである。

手術を受けて折れた骨をつなぐ手もあるのだが、私の年を考えると、温和に治した方がいい。「骨折れ人間」の生活方法を少し覚えたら、私は数日のうちに家に帰るつもりなのである。

若い時と同じ程度の能力などなくてもいい。

あまり他人の重荷になる生き方さえしなくて済めばいい。

若者と同じように長距離を歩けたり、厳しい登山をできなくても働くことはいくらでもある。

能力のない人間が、どうやら補って、日々を生きていくには、かなりおもしろい工夫がいる。これも道楽の一つと言える。

『死生論』産経新聞出版

家にいる幸福

十一日、外出しなくなって、もうどれだけ経つか、と思う。

用事がなくても外へ行くべきなのだが、家にいることがあまりに楽なので、麻薬患者が薬を飲んで寝床にいるように引きこもっている。

本があって、テレビにもそこそこおもしろい番組があるのが堕落の原因。


『Voice』PHP研究所 2019・10月号

【出典著作一覧】

小説

『ボクは猫よ』文春文庫
『飼猫ボタ子の生活と意見』河出書房新社
『非常識家族』徳間書店
『夢に殉ず』新潮文庫

ノンフィクション

『この世に恋して』ワック
『それぞれの山頂物語』講談社
『ほくそ笑む人々　昼寝するお化け　第三集』小学館
『ほんとうの話』新潮社
『七歳のパイロット』ＰＨＰ研究所
『安逸と危険の魅力』講談社文庫
『悲しくて明るい場所』光文社
『介護の流儀』河出書房新社
『仮の宿』ＰＨＰ研究所
『完本　戒老録』祥伝社
『最高に笑える人生』新潮社
『幸せの才能』海竜社
『死生論』産経新聞出版
『自分の財産』産経新聞社
『社長の顔が見たい』河出書房新社

『人生の後片づけ』河出書房新社
『人生の終わり方も自分流』河出書房新社
『人生の第四楽章としての死』徳間書店
『人生の値打ち』ポプラ社
『生活のただ中の神』海竜社
『狸の幸福』新潮文庫
『魂の自由人』光文社
『誰にも死ぬという任務がある』徳間書店
『透明な歳月の光』講談社文庫
『歳をとるのは面白い』ＰＨＰ研究所
『長生きしたいわけではないけれど。』ポプラ社
『人間にとって病いとは何か』幻冬舎
『晩年の美学を求めて』朝日新聞社
『人は星、人生は夜空』ＰＨＰ研究所
『人はみな「愛」を語る』青春出版社
『人びとの中の私』集英社文庫
『部族虐殺』新潮社
『平和とは非凡な幸運』講談社
『老境の美徳』小学館
『私日記1　運命は均される』海竜社
『私日記6　食べても食べても減らない菜っ葉』海竜社
『私日記7　飛んで行く時間は幸福の印』海竜社
『私日記8　人生はすべてを使いきる』海竜社
『私日記10　人生すべて道半ば』海竜社
『私日記11　いいも悪いも、すべて自分のせい』海竜社

雑誌

『オール讀物』文藝春秋　2019・12月号
『ゆうゆう』主婦の友社　2020・2月号
『週刊ポスト』小学館　2001・2月2日号
『週刊ポスト』小学館　2005・11月18日号
『波』新潮社　2019・2月号
『波』新潮社　2019・8月号
『波』新潮社　2020・1月号
『Voice』PHP研究所　2019・10月号
『Voice』PHP研究所　2020・4月号
『月刊WiLL』ワック　2020・1月号

88歳《さい》の自由《じゆう》

2020年7月15日　初版第1刷発行

著　者　曽野綾子《そのあやこ》

発行者　笹田大治
発行所　株式会社興陽館
〒113-0024
東京都文京区西片1-17-8 KSビル
TEL 03-5840-7820
FAX 03-5840-7954
URL https://www.koyokan.co.jp

装　幀　長坂勇司（nagasaka design）
校　正　結城靖博
編集補助　中井裕子
編集人　本田道生
印　刷　惠友印刷株式会社
D T P　有限会社天龍社
製　本　ナショナル製本協同組合

ISBN978-4-87723-259-7 C0095

身辺整理、わたしのやり方

もの、お金、家、人づきあい、
人生の後始末をしていく

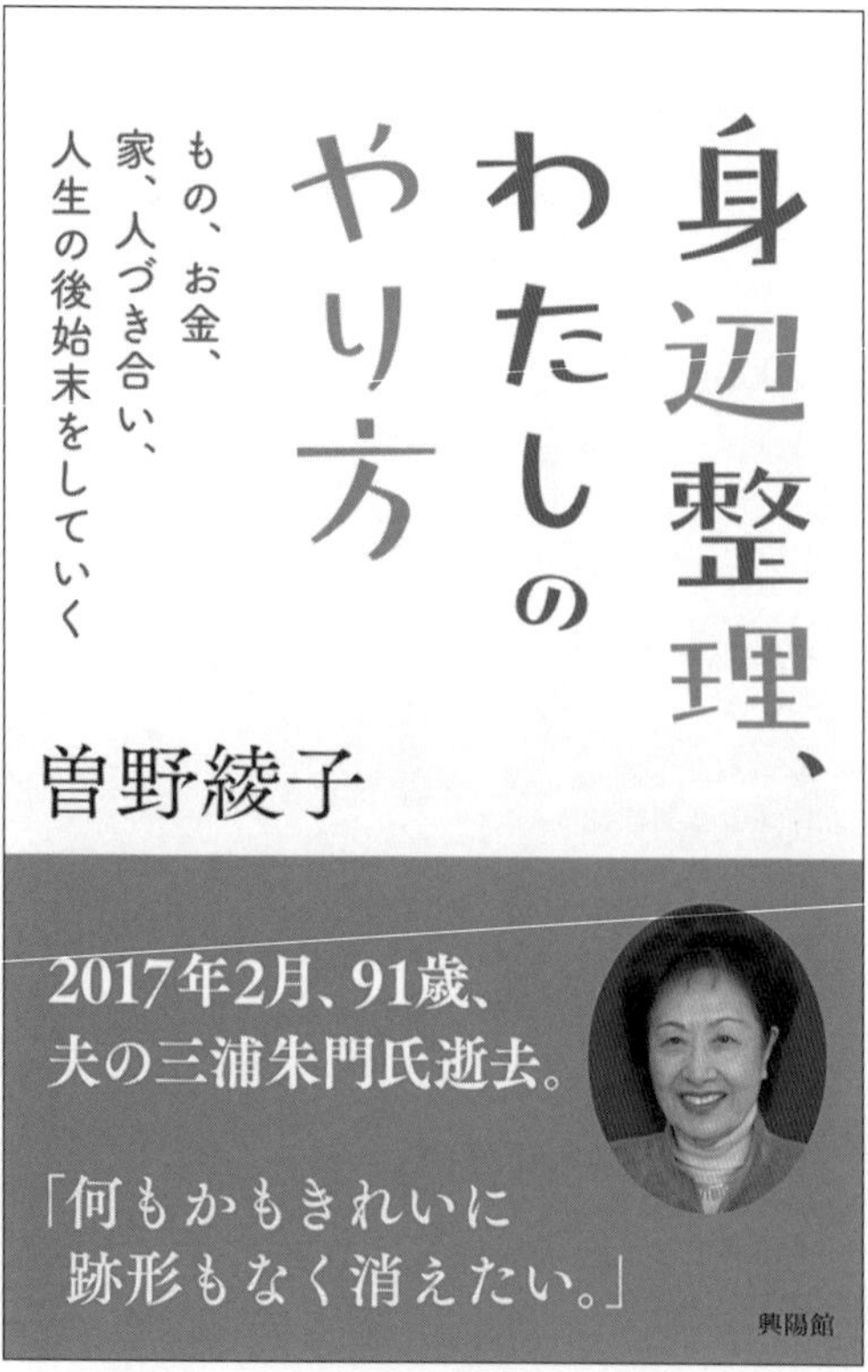

曽野綾子

本体 1,000円+税
ISBN978-4-87723-222-1 C0095

「何もかもきれいに跡形もなく消えたい」――。モノやお金、人間関係などと、どのように向きあうべきなのか。曽野綾子が贈る「減らして暮らす」コツ。

一人暮らし
わたしの孤独のたのしみ方

曽野綾子

本体 1,000円+税
ISBN978-4-87723-243-6 C0095

連れ合いに先立たれても一人暮らしを楽しむ。幸せに老いるすべを伝える珠玉の一冊。